「嫌なことはしない。これは、気持ちいい？」
クラウディオは濡れた指で、小さな蕾をゆるゆると擦った。
「あ、あ、あ、そこ、あ、だめぇっ」

黒狼辺境伯と虐げられ姫の蜜月婚

～悪名高き夫はまさかの溺甘愛妻家!?～

すずね凜

Vanilla文庫

黒狼辺境伯と虐げられ姫の蜜月婚

悪名高き夫はまさかの溺甘愛妻家!?

contents

イラスト／炎かりよ

序章

キラキラと雪片が舞い散った。

ほっそりとした貴婦人が、翼を失った小鳥のようにまっすぐ谷底に落下していく。

貴婦人のか細い悲鳴が渓谷に響き渡った。

「バンビッデ――」

長く尾を引くその声はすぐに谷底に呑《の》み込まれていった。

雪に埋もれた木立の陰で、一人の少年がガタガタ震えながら一部始終を見ていた。

「ああ――」

少年の青い瞳からポロポロと涙が零れ落ちる。

「っ――」

少年は木立から飛び出した。崖の上には小さなロケットがひとつ落ちているばかりだった。

「くそ――」

少年はロケットを拾い上げ、口惜しそうに唇を噛《か》む。
谷底からごうっと風が逆巻き吹雪《ふぶ》いた。なにもかもが真っ白に呑み込まれていく。
ルッキーニ地方の春はまだ遠かった。

第一章　虐げられた王女は辺境伯へ嫁ぐ

雪に覆われた山間部を、辺境地区ルッキーニに向かって一台の馬車が急いでいた。

馬車は頑丈な作りではあるが質素なもので、オベルティ王家の紋章が刻まれていなければ、乗っているのは王家の人間だとはわからないだろう。馬車の前後を護衛するのはわずか二名の騎馬兵士のみだ。

馬車の窓のカーテンをそっと引き、チェチーリアは外の景色を眺めた。

薄い栗《くり》色の髪に水色の瞳、あどけないがお人形のように整った美貌だ。色白で小柄で華奢《きゃしゃ》な身体は、もうすぐ十八歳になるが、まだ少女の名残を留めている。

「すごい——こんなにたくさんの雪を見るのは生まれて初めてだわ……」

チェチーリアは目を瞠《みは》る。

「この山を越えると、もはや馬車での移動は無理だそうで、宿場で馬橇《うまぞり》に乗り換えるのだそうですよ。なんという強行軍でしょう。これでも姫様は一国の王女だというのに、こんな辺境の地へ嫁《とつ》がされて——しかも、相手は暴虐で悪名高い『黒狼伯爵《くろおおかみ》』だなんて。姫様が、おいたわしすぎます」

向かいの席に座っていた乳母《うば》が、涙声で言う。

「ばあや、もうめそめそしないでちょうだい。私はとうに覚悟を決めているのだから」

チェチーリアは凛《りん》とした声で乳母を諫《いさ》めた。

「はいはい、わかっております――でも」

乳母はまだ声を震わせていた。

チェチーリアは無言になって雪に覆われた山峰《やまみね》に目をやる。

乳母にはああ言ったものの、チェチーリアの胸は不安でいっぱいだった。

王都を遠く離れた北の辺境の地。

冷酷で荒くれ者と評判の、見知らぬ夫となる人。

それでも――あの王城の奥深く狭い離れで無為に過ごすより、ずっとましだ。閉ざされ切った自分の人生が、未知の世界に開けていく――それだけでもよしとせねばならない。

チェチーリアはそう自分に言い聞かせていた。


オベルティ王国は大陸の中央に位置し、南北に長く伸びている。王都のある中央地区は温暖な気候であるが、北方地区は豪雪《ごうせつ》地帯だ。

チェチーリア・ラフォレーゼは、オベルティ王国の第一王女であった。

母王妃は、チェチーリアが赤子の時に事故死し、国王は当時入れ込んでいた愛人と再婚し、一男一女をもうけた。その後すぐ国王は病没し、以降は愛人だったアンジェラ王妃が女王となり、この国を支配している。女王は実子ばかりを贔屓《ひいき》にし溺愛した。先妃の娘であるチェチーリアのことはひどく毛嫌いし、王城の奥の小さな離れに追いやった。

チェチーリアはその離れで、生まれた時から仕えている乳母とわずかな侍従たちだけに囲まれ、ひっそりと暮らしていた。チェチーリアには、最低限の暮らしができる生活費しか与えられなかった。

王城での公式行事はおろか、たびたび催される華やかな舞踏会や社交界の集まりに出席することも許されず、まるで世捨て人のような日々を送っていたのだ。

でも、チェチーリアは辛いと思わないようにしてきた。好きな詩集を紐解《ひもと》き、乳母にレース編みを教わり、奥庭で庭師たちと交流して花を育て、窓辺に遊びに来る小鳥たちに餌をやり、離れの厨房《ちゅうぼう》のコックとお菓子を焼き使用人たちに振る舞い――日々の生活に彩りを添えてきた。

三つ年下の異母妹のリリアンは、甘やかされてわがまま贅沢《ぜいたく》放題に育ち、チェチーリアに会いに来ることもしなかった。だが、二つ年下の異母弟の王子トーニオだけは、姉思いの優しい性格で、女王の目を盗んでは、上等のお菓子や読みたがっていた本などを携え、チェチーリアに会いに来てくれた。そして、王城や王都の出来事をいろいろ話してくれる。それだけで、ずいぶんと心が慰められた。

時折、城の方から流れてくる舞踏会の華やかな音楽などを耳にすると、一度くらいは着飾って出席したい、素敵な殿方に誘われてダンスしてみたいと憧れた。叶《かな》わぬ夢かもしれないが、いつか愛する人と巡り合いささやかでも結婚式を挙げたいと、乙女らしい夢想をすることもあった。

そんなチェチーリアに、突然、女王アンジェラから呼び出しがかかったのだ。

王城に上がりアンジェラに拝謁するのは数年ぶりであった。

数少ないドレスの中から一番いいものを身に着け、乳母に髪を結ってもらった。

「いったいなんのご用でございましょうね。これまでずっと、姫様のことを蔑ろにしてきたというのに」

乳母が気遣わしげに言う。

「心配しないで。私は、なにも咎《とが》められることなどしていないのだから」

チェチーリアはそう乳母に答え、迎えの侍従について王城に向かった。実は内心は呼び出される心当たりがなにもなくドキドキしていた。

奥庭から長い回廊を抜け、王城に足を踏み入れる。

狭い離れでずっと暮らしていたので、吹き抜けの天井と精緻《せいち》な彫刻を施した大理石の柱や眩《まばゆ》いシャンデリア、広い廊下の壁を飾る名画の数々等に、威圧されてしまう。城内の人々は、引きこもっていた地味な装いのチェチーリアにほとんど見覚えがなかった。通りすがりに、先導する女王付きの侍従を見て王家の人間であると気がつき、慌てて一礼するほどであった。

通された豪奢な謁見の間の奥の階上には、宝石で飾られた玉座が鎮座している。自分も王家の王女であるのに、立ったままアンジェラ女王の訪れを待たされた。

程なく、侍従長より女王の出座が告げられた。チェチーリアは膝を折り頭を下げて、声のかかるのを待った。

重々しい衣擦れの音がし、少し甲高い女王の声がした。

「久しいの、チェチーリア。顔を上げよ」

緊張しながら頭を上げると、玉座に腰を据えた女王がこちらを見下ろしていた。中央に女王が座り、左右に異母妹リリアン、異母弟トーニオが座っていた。

齢《よわい》四十になる女王は、肉付きのいい身体を豪奢なレースの襟飾がついた真紅のドレスに包み、ダイアモンドの装飾品で身を飾り、派手な化粧で若作りをしている。女王似のリリアンも、母に負けず劣らずピンクのドレスで煌《きら》びやかに着飾っていた。二人は不躾《ぶしつけ》な視線でチェチーリアを眺めている。

彼女たちに比べたら、飾り気のない紺色のドレスに身を包んだチェチーリアは、いかにもみすぼらしい。

一人、異母弟トーニオだけが、励ますような眼差しを送ってくる。

「おまえ、今年幾つになる？」

居丈高なアンジェラの言葉に、チェチーリアはおずおずと答える。

「もうすぐ十八になります」

「ふむそうか。ちょうどよい年頃だな」

アンジェラは二重顎に手を添えてうなずき、やにわに言い放った。

「おまえ、辺境地区ルッキーニの伯爵の元へ嫁げ」

「え？」

晴天の霹靂《へきれき》であった。

まさか結婚の話を切り出されるとは思わなかった。

それも辺境地区ルッキーニ――。

呆然《ぼうぜん》としているチェチーリアを尻目に、アンジェラは続ける。

「辺境地区ルッキーニを治めているカニーニ伯爵は優れた軍人でな、これまでも数々の戦績を残している。先だってのバニーニョ王国との国境での小競り合いにも勝利し、私が望みの褒賞を与えると申したところ、王女を娶《めと》りたいと申してきたのじゃ。辺境伯のくせに王家の娘を娶りたいなどと過分な願いではあるが、田舎者《いなか》ゆえに王家の縁者という箔付《はくつき》が欲しいのだろう。奴は国境防衛に欠かせぬ有能な人物じゃ、おまえにとっても悪い相手ではなかろう?」

アンジェラはチェチーリアが世間知らずで無知だとたかを括って、いかにもよい縁談のように話している。だが、兼ねてから異母弟トーニオからあれこれ世情を聞き、懇意にしている使用人たちの噂話《うわさ》を耳にして、チェチーリアはそのカニーニ伯爵がどういう人物か承知していた。

カニーニ伯爵は、その冷酷で命知らずな戦いぶりから「黒狼伯爵」と呼ばれている。数々の戦果を上げ、辺境地区ルッキーニばかりでなく国境周辺を一手に治め、国境を接するバニーニョ王国も恐れ一目置く人物であるという。だがなぜか中央への誘いは断り、辺境に居を構え続けている偏屈な人物だ。

「で、でも……私など……」

チェチーリアが小声で反論しようとすると、リリアンが高慢な態度で口を挟んだ。

「あらいやだ、お姉様ったら、この私に田舎軍人の元へ嫁げとおっしゃるの? 私は王都の社交界一の美人で花形よ。いい縁談も降るほど来ているわ。王都を出るなんてまっぴらごめんよ。お姉様は閉じこもりっぱなしで、社交性もないし地味な容姿なんだから、お嫁に行けるだけでもましでしょう?」

「リリアン、そんな言い方はないだろう」

トーニオが控えめに諫めようとした。

するとアンジェラはひときわ威圧的な声で言い放った。

「嫁《ゆ》くのか嫁かぬのか、返事をせい！」

チェチーリアはびくりと肩を竦《すく》めた。もとより、チェチーリアに選択権などないのだ。アンジェラは腹違いの娘で愛情を持てないチェチーリアを、厄介払いしたいだけだ。

「――」

チェチーリアは口惜しさに唇を噛んだ。

この縁談を断ったら、おそらくチェチーリアは一生あの狭い離れで暮らすことになるだろう。いやもしかしたら、もっと劣悪な条件の縁談を押しつけられるかもしれない。それならば、まだ名声のあるカニーニ伯爵に嫁ぐ方がましかもしれない。

それに――。

辺境地区ルッキーニは、チェチーリアの母の終焉《しゅうえん》の地だ。

母は僻地《へきち》への慰問でルッキーニを訪れ、事故で凍てつく谷底に落下して命を落としたのだ。遺体は引き上げることができず、母はずっとそこに眠っている。当時赤子だったチェチーリアは、母の顔も声も覚えていない。乳母の話では、とても美しく心優しい人だったという。今回の結婚話にはなにか縁のようなものを感じた。

チェチーリアは心を決めた。顔を上げ、まっすぐな眼差しをアンジェラに向ける。

「わかりました、お義母様《かあさま》。私はカニーニ伯爵に嫁ぎます」

「そうか、わかった」

「まあ、お姉様ったら、玉の輿《こし》ですわね」

アンジェラとリリアンが我が意を得たりとばかりにうなずく。

トーニオだけが顔に苦渋の色を浮かべた。

「姉上――」

チェチーリアはトーニオに微笑《ほほえ》み、なにも言うなと首をかすかに横に振った。チェチーリアを庇《かば》ったりしてアンジェラの不興を買い、トーニオの立場を悪くしたくない。


かくして、チェチーリアの婚姻が決まったのである。

カニーニ伯爵からは、一刻も早く輿入れするようにとの連絡が届いた。

気性が荒いと言われるカニーニ伯爵の機嫌を損ねないために、慌ただしく嫁入り支度が整えられた。もともと、チェチーリア自身の財産も所有物もごくわずかな上、アンジェラはチェチーリアの輿入れには金をかけたがらなかったので、支度はあっという間に終わってしまった。

小さな馬車一台分の荷物、同行する者は乳母のみ、護衛兵はわずか二名。

カニーニ伯爵の代理として、一人の兵士が迎えに来ていた。

一国の王女の嫁入りにしては、あまりにみすぼらしいものだった。

出立の日は、アンジェラもリリアンも見送りに来なかった。離れでチェチーリアに仕えたコックや庭師たちだけが勢揃《ぞろ》いして見送りに立った。

「皆《みな》、見送りご苦労様。今まで私に親身に仕えてくれてありがとう。ルカ、あなたの作る食事はいつもとても美味《おい》しかったわ。お菓子の作り方も教えてくれて楽しかった。ロダ、カールス、ゲルバット、あなたたちのおかげでお花や植物のことをたくさん学びました。皆、いつまでも元気でいてくださいね」

一人一人に声をかけるチェチーリアの思いやりある言葉に、全員が涙に咽んだ。

がっちりした体格の若いルッキーニ兵士が進み出て挨拶をした。

「王女殿下、私はカニーニ伯爵直属の部下、フェデリーゴ・コッコ兵長と申します。ルッキーニまで道中、ご案内つかまつります」

「コッコ兵長、よろしくお願いします」

チェチーリアが軽く頭を下げると、彼は笑みを浮かべた。

「フェデリーゴで結構ですよ、王女殿下」

辺境地区の兵士は粗暴であると聞いていたが、非常に礼儀正しい。カニーニ伯爵のしつけがゆき届いているのだろうか。

挨拶を終えたチェチーリアは城の正門前に横付けされた馬車に乗り込もうとした。

「姉上、お待ちを！」

ふいに城内からトーニオが飛び出してきた。彼は息を切らしながらチェチーリアに駆け寄る。

「トーニオ」

「姉上」

二人はひしと抱き合った。

「許してください姉上。私は母上たちを止めることができなかった。あんな極寒の僻地へ、しかも悪名高い『黒狼伯爵』の元へ、あなたを追いやるような形になってしまって――」

「いいのよ、トーニオ。あなたはいつでも私に優しくしてくれて、ほんとうに嬉《うれ》しかったわ。あなたがいずれこの国の立派な国王になることを、遠くから毎日祈っているわ」

「姉上――」

トーニオは啜《すす》り泣きながら、懐から金の懐中時計を取り出してチェチーリアの手に押しつけた。

「これは亡き父上から受け継いだ時計です。母上から余計なものを姉上に持たせるなと厳命されていますが、せめてこれを――差し上げます」

「こんなたいせつなものを、ありがとうトーニオ。あなたと父上のお気持ちだと思って肌身離さず大事にするわ。手紙を書くわ。どうか元気でね」

「姉上もどうか幸せになってください」

姉弟はしばし別れを惜しんだ。

「姫君、そろそろお時間でございます」

側から、遠慮がちにフェデリーゴが声をかけた。

「は、はい」

チェチーリアはフェデリーゴの手を借りて、馬車に乗り込んだ。その後から乳母が乗り込む。

フェデリーゴは御者台の隣の補助席に腰を下ろした。

馬車が走り出すと、チェチーリアは窓から身を乗り出してトーニオに手を振る。

「さようなら、さようなら」

「姉上、さようなら」

馬車が丘を下り姿が見えなくなるまで、トーニオは手を振って見送り続けていた。


こうして、チェチーリアは辺境地区ルッキーニへ出立した。

城を出てしばらくすると、チェチーリアは窓から来た道を振り返る。

「ああ、お城があんなに遠くに見えるわ」

これまで一度もあの城を出ることはなかった。

遠くへ――もっと遠くへ。

「黒狼伯爵」に対する不安も恐怖もあったが、チェチーリアは心のどこかで解放された喜びも感じていた。未知の世界へ飛び込むワクワク感すらあった。決して後ろ向きになるまい。これからは、前だけを見て生きていこう。

そう自分に言い聞かせ励ましていた。

ルッキーニまでは十日以上かかる長い旅路であった。


最後の宿場からは豪雪のため、輓馬《ばんば》の牽《ひ》く屋根付きの橇に乗り換えた。

フェデリーゴが外から声をかけてくる。

「宿場からカニーニ伯爵の屋敷までは小一時間の距離でございます。あの――お召し物はそれだけでしょうか？」

彼はチェチーリアと乳母の服装を見てかすかに眉を顰《ひそ》める。

ルッキーニは寒冷地とは聞いていたが、温暖な王都住まいだったチェチーリアは、防寒の服が整っていなかった。アンジェラは厚手のコートを新調することを許さなかったのだ。

フェデリーゴは自分の毛皮のコートを脱いで、チェチーリアに差し出した。

「私のもので誠に失礼ですが、王女殿下、これをお召しください」

チェチーリアは首を振った。

「いいえ、あなたは外の席でしょう？　凍えてしまいます、コートを着てください。私たちは重ね着しますから、大丈夫です」

フェデリーゴは気遣わしげな顔をしたが、チェチーリアの言葉に従った。

だが、あるだけの上着を重ねても、極寒を防ぐことは難しかった。チェチーリアは乳母と身を寄せ合って暖を取ろうとした。

「ああ姫様、ばあやはもう凍え死にそうです」

乳母がガタガタと震えている。

「ばあや、しっかりしてちょうだい」

チェチーリアは自分の上着を脱ぐと乳母に着せかけた。乳母は慌ててそれを押し返す。

「いけません、姫様が凍えてしまいます」

「平気よ、若いんですもの。それより、リューマチ持ちのおまえの方が心配よ。ほら、もっとぎゅっと抱き合いましょう」

チェチーリアは上着ごと乳母の身体をしっかりと抱きしめた。

「姫様、申し訳ありません――」

乳母は声を震わせた。

程なく、フェデリーゴが声をかけた。

「屋敷に到着でございます」

橇が停止した。

フェデリーゴがよく通る声を出す。

「奥様のご到着でございます」

外から雪を踏みしめる音がし、丁重に声がかけられた。

「お待ちしておりました、奥様。執事のマルロでございます」

外から扉が開かれ、ぱりっとした身なりの高齢の執事が恭しく一礼する。

「長旅でお疲れでございましょう。どうぞ、中へ」

マルロが手を貸そうと差し伸べた。

「私は一人で降りられます。その前に、乳母がすっかり冷えてしまって、彼女をすぐに暖めてあげてください」

チェチーリアは震えている乳母を抱きしめたまま訴える。マルロは二人の様子を見て顔色を変える。

「これはいけません。すぐに中へ。おい、手を貸せ」

マルロの命令に、さっとフェデリーゴや数名の侍従たちが駆け寄り、チェチーリアと乳母を抱き抱えるようにして屋敷の中へ導いた。

屋根に雪を頂いた屋敷は、想像していたものよりもずっと立派であった。平屋建てだが左右に大きく広がる邸宅は、頑丈な城壁に囲まれ、正面に美しい大理石の柱が並んでいる。

玄関ホールには侍従や侍女たちが挨拶のためか勢揃いしていたが、マルロが性急に声をかけた。

「急ぎ、奥様のお部屋を暖め、お二人に熱い飲み物を準備せよ。浴槽に熱い湯を張れ」

侍従や侍女たちが即座に動き始める。皆無駄のないテキパキとした動きだ。

チェチーリアは屋敷の中を見回した。

広い玄関ホールに暖炉が設置され赤々と薪が燃やされ、とても暖かい。寒さ対策のためか天井は低めだが、手入れの行き届いたクリスタルのシャンデリアが幾つも下がっていて明るい。磨き抜かれた石床や階段、高い窓にはどっしりとした重厚なカーテン、廊下に敷き詰められた毛織りの厚い絨毯《じゅうたん》。華美ではないが、清潔でとても暮らしやすそうだ。

「あの――伯爵様は？」

小声でマルロにたずねると、

「旦那様は執務室でお待ちかねですが、まずは奥様は一休みなされた方がよろしゅうございます」

と丁重に答える。チェチーリアは首を振ってきっぱりと言った。

「いいえ、すぐにご挨拶に伺います」

その場にいる者たちがハッとする。チェチーリアはわずかに笑みを浮かべた。

「お待たせしては申し訳ないわ」

初日から気が荒いと評判の「黒狼伯爵」の機嫌を損ねたくなかった。それに、どのような人なのか早く知りたいという気持ちもあった。

「承知しました。では、ご案内いたします」

マルロがさらに恭しい口調で答えた。

マルロに導かれ、廊下を進む。一番奥の扉を、マルロがノックした。

「旦那様、奥様のご到着でございます」

「入れ」

中から低く艶っぽい声が答えた。訛《なま》りのない綺麗《きれい》な発音だ。もっとがさつで野太い声を想像していたので、意外だった。

マルロが扉を開き先に入り、促した。

「どうぞ、中へお進みください」

チェチーリアは深呼吸をすると、おそるおそる部屋の中に足を踏み入れた。

本棚に囲まれた部屋の奥の窓際に、すらりとした長身の男性が立っている。逆光でよく顔が見えない。チェチーリアは進み出て膝を折って最敬礼した。身分から言えば、本来は王女である自分の方が上なのだが、この屋敷では彼が主人だ。きちんと挨拶をしたかった。

「初めまして、伯爵様。チェチーリア・ラフォレーゼでございます」

コツコツと長靴の音を響かせて、男が目の前に立った。チェチーリアは緊張に息を詰める。

「顔を上げなさい」

促され、おずおずと顔を上げる。

「私がクラウディオ・カニーニ伯だ」

「っ――」

目も覚めるような美丈夫がそこに立っていた。

仕立てのいい深い青色のジュストコールは引き締まった身体の線を美しく際立たせ、ぴったりしたトラウザーズに包まれた足はすらりと長い。軍人らしく、背筋がピンと伸びている。

艶やかな黒髪は無造作に撫《な》でつけられ、高い鼻梁《びりょう》に男らしい鋭角な頬のライン、きりりとした眉、引き結んだ形のいい唇、王都でも稀《まれ》なほどの秀麗な美貌だ。ただ、その切れ長の青い目は、眼光鋭くこちらを凝視していた。

チェチーリアは、蛇に睨《にら》まれたカエルのように身動きできない。

クラウディオはずいっと顔を寄せてきた。美麗な顔が近づいてきたので、チェチーリアは驚いて思わず顔を背けようとした。だが、大きな手ががっちりと顎を摑《つか》み、視線を合わせてくる。吸い込まれるような深い瞳の色に、チェチーリアの心臓はドキドキして破裂しそうだ。

クラウディオはまじまじとチェチーリアを凝視し、ぼそりとつぶやく。

「同じ水色の瞳だ」

誰と同じだというのだろう。

顎にかかっていた手が、すっと頬を撫でた。節高な男らしい指の感触に、背中がぞくぞく震えた。

「冷え切っている。顔色も青いな」

彼はチェチーリアの姿を頭から爪先までジロジロと眺めた。そして眉を顰めた。ドレスは幾度も洗濯を繰り返し色があせ、乳母が繕ってくれた跡があちこちにある。王女にしてはなんとみすぼらしいのだろうと、不審に思っているのかもしれない。

「そのような薄着でこの地へ？」

「あ――申し訳ありません――北国は初めてで支度が整わず――」

しどろもどろで言い訳しているうちに、ふっと目の前が霧がかかったように霞《かす》んだ。足元がふらつき、前のめりに倒れそうになった。

「チェチーリアッ」

クラウディオが鋭く名前を呼んだが、そのまま意識が遠のいてしまった。

「可愛い娘《バンビッデ》」死んだ母はそう赤子のチェチーリアを呼んでいたという。

もの心ついた時には母の死から年月が経っており、アンジェラの意向で母の遺品も肖像画などもいっさい破棄されてしまっていた。だからチェチーリアは、母の顔も知らない。

ただ、生前の母に仕えていた乳母から、母は赤子のチェチーリアのことを「バンビッデ」と呼んで、とても慈しんでくれたという。

「バンビッデ——」

誰かが耳元でそうささやいたような気がした。

ふと目が覚める。

大きなベッドに横たわり、柔らかな羽根布団をかけられていた。

ドレスは緩められて、靴は脱がされていた。

寝室だろうか。部屋の中はとても暖かい。

クラウディオがベッドの側の椅子に腰を下ろし、じっとこちらを見下ろしている。相変わらず眼光が鋭い。

「あっ……」

挨拶の途中で失神してしまったことに気づき、慌てて起き上がろうとした。礼を逸したことで、クラウディオが不機嫌になっているのかと思った。

「申し訳ありませんっ。私ったら——いやだ、旅の服装のままでベッドが汚れて——」

「かまわぬ。寝ていなさい」

クラウディオが両手で肩をそっと包んで、仰向けに押し戻す。

「身体がすっかり冷え切っていた。あのままでは風邪を引くところだった」

「あ、あの——ばあやは、乳母は？　すっかり弱り切っていて——」

「心配するな。別室で休ませてある。侍女たちに身体を擦らせ、温かい飲み物を与えたら、ずいぶんと元気になったと報告が来ている」

「ああ……よかった」

チェチーリアはほっと息を吐いた。

「両手を出しなさい」

「え？」

「いいから出せ」

少し強い声で言われ、

「は、い」

慌てて両手を差し出すと、クラウディオの大きな手が包み込み、ごしごしと擦り出す。

彼の手はじんわりと温かい。しかし、初心《うぶ》なチェチーリアは男性に手を握られることなど生まれて初めてで、狼狽《うろた》えてしまう。

「あ、あの……」

「こうして末端から温めると、全身が温まる」

　クラウディオは相変わらずむすっとした顔で言う。チェチーリアは恐れをなして、じっとそのままでいた。しかし、だんだんと指先に血行が戻り、そこから温かい血が全身に行き渡るような気がした。身体がぽかぽかしてくる。

「どうだ?」

　クラウディオは手を動かしながらたずねてきた。

「すごく、ぽかぽかしてきました」

「よし」

　クラウディオは手を離すと、側の小卓の上に置いてあったグラスを手に取った。中に琥《こ》珀《はく》色の液体が入っている。彼はグラスをあおると、身を乗り出してきた。

「あ」

　と思った時には唇が重なっていた。

「……ん……」

　口の中に琥珀色の液体が流し込まれた。香り高い酒だった。思わずコクリと飲み下していた。胃の腑《ふ》に落ちた液体がかあっと体内から熱を発する。

　わずかに唇を離したクラウディオはチェチーリアの顔をじっと見た。

「身体が温まるブランデーだ」

満足げな声色になり、彼は再び唇を塞いできた。

「んぅ……」

男の熱い舌が唇についた酒を舐《な》め取るような動きをした。そのぬるつく感触に驚いて、思わず声を上げようとした。

「やっ……」

唇が開いた瞬間、クラウディオの舌がするりと口腔《こうこう》に忍び込んできた。

「んんっ?」

分厚い舌が歯列を這《は》い回る。そのまま口蓋から喉奥まで舐め回され、チェチーリアは呆然としてしまう。

異性からの口づけも生まれて初めてだったのに、さらにこんな深い口づけをされるなんて、思いもしなかった。

我に返り身を引こうとすると、両手首を摑まれベッドに押しつけられてしまった。身動きできないまま、怯《おび》えて縮こまった舌を搦《から》め捕られ、痛いくらいに吸い上げられた。

その瞬間、未知の甘い衝撃がうなじのあたりを走り抜けた。

「……んゃ、は、や……っ」

抵抗の言葉も呑み込まれ、息もできないほど舌を貪られ、溢《あふ》れる唾液を吸り上げられた。

「ん、ふぅ……ぅ、ふぁ……」

淫らで情熱的な口づけに動揺し、抵抗するすべもなく、なんどもなんども舌を絡められ、呼吸もできない。意識がぼうっとし、身体から力が抜けていく。

「……んゃ……ぁ、は……ぁ」

くちゅくちゅと舌が擦れ合う音が耳奥でこだまし、その猥《みだ》りがましい響きにすら甘い悦びを感じてしまう。ブランデーに酔ったのか官能の興奮が煽《あお》られたせいか、体温がみるみる上がり身体中がかっかと火照ってきた。

長い口づけの果てに、クラウディオはようやく唇を解放した。

「はっ、あ……」

チェチーリアはとろんとした眼差しでクラウディオを見遣る。

「頬がピンク色に染まってきた」

クラウディオは満足そうにうなずき、チェチーリアの肩まで羽根布団を引き上げた。

「今夜はこのまま休め。道中、さぞや大変だったろう」

声は無愛想だが、チェチーリアを思いやる口調だ。

彼は部屋の隅の大きな暖炉に近づき腰を屈め、側のバケツに積み上げてある太い薪を暖炉の中にくべた。彼は肩越しに振り返った。暖炉の火に照らされた彼の顔は、ぞくっとするほど美麗であった。

「火は絶やさぬように侍従に言っておく。あなたはぐっすり休むといい。明日、目覚めた

ら朝食を一緒にとろう」

「あの、私、もしかしたら寝過ごしてしまうかもしれません。朝食はどうかお先に――」

「あなたが起きるまで、待っている」

クラウディオはすくっと立って背筋を伸ばした。そのまま戸口に向かって歩いていく。

扉を開くと、閉める前に再び振り返った。戸口のあたりは薄暗くて、彼の表情はよく見えなかった。

「おやすみ」

「お、おやすみなさい」

扉が音もなく閉まり、寝室が静まり返った。窓の外の鎧戸《よろいど》に、雪が当たるさらさらという音がかすかに聞こえる。

「ふー……」

チェチーリアは横たわったまま、ゆっくりと寝室の中を見回した。

壁紙も調度品も暖炉の色まで優しいアイボリー色に統一されている。カーテンも羽根布団もシーツも可愛い花模様だ。どうやら、チェチーリアのために用意された部屋らしい。

クラウディオとの婚姻が決まってから、この地に赴くまで、半月もなかった。しかし、この部屋はにわか作りのようには見えなかった。屋敷の人々もとても丁重に迎えてくれた。

クラウディオ自身は無愛想で言葉数は少なく、感情が読み取れない。

辺境伯が箔付を欲しいために王家の娘を妻に欲したのだ。チェチーリアのことをどう思ったろう。

中央から来る王女なのだから、きっと洗練されて華やかで煌びやかな娘を想像していたに違いない。だが現れたチェチーリアは、地味な容姿でみすぼらしい服装、お付きは乳母一人、私物も持参金もごくわずか――彼は失望したかもしれない。

最初に会った時に、穴が開くほどジロジロ見られたのは、これがほんとうに王女かと疑ったのかもしれない。

それでも、倒れたチェチーリアをそれなりに気遣ってくれた。

悪い人ではないと感じる。

いきなり口づけされた時には驚いたが、夫婦になるのだから口づけくらいは当然なのかもしれない。

チェチーリアはそっと自分の唇に触れてみる。

まだそこにクラウディオの唇の生々しい感触が残っている。思い出すだけで、ドキドキしてしまう。

そうこうしているうちに、いつの間にかぐっすりと眠りに落ちていた。

クラウディオは執務室に戻ると、腕組みをしてじっと窓の側に立ち尽くした。

扉がノックされる。

「コッコ兵長ならびにマルロ執事長参りました」

クラウディオは背を向けたまま答えた。

「入れ」

フェデリーゴとマルロが揃って入ってきた。

くるりと振り返ったクラウディオはおもむろに口を開く。

「彼女をどう思う?」

フェデリーゴとマルロが顔を見合わせた。フェデリーゴが切り出す。

「どうもなにも、ぜんぜん王女様っぽくないよね」

フェデリーゴはクラウディオの乳兄弟にあたり、身分の違いを越えた盟友である。それで、クラウディオに対して気安い口をきくことを許されていた。

「あの粗末な身なりと馬車を見たかい? 城を出る時も、見送りは使用人たちと腹違いの弟君だけだった。まるで厄介払いみたいに城を出てきてさ」

「厄介払い、か。だが、弟だけは見送ったのだな。姉弟の仲はいいようだ」

クラウディオは考え込む顔になる。異母弟は良識がありそうだ。密かに進めている計画に異母弟が味方になりそうだ、とちらりと思った。

フェデリーゴは続けた。

「俺は初め、王家が辺境伯に王女を輿入れさせるのを渋って、王女の身代わりでも寄越したのかと思ったよ。でも、それはすぐに思い違いだとわかった。あの方は、とても高潔な魂の持ち主だよ」

クラウディオはわずかに表情を動かす。

「それはどうしてだ?」

「彼女は道中、ずっと乳母や俺たちのことを気遣っていた。あんな薄着なんで、俺のコートを貸そうとしたのに、俺の身を案じて断ったくらいだ。なんというか、あの凜とした佇まいは、王女様そのものだよ」

マルロが口を挟んだ。

「屋敷に到着した際も、ご自身も凍えそうなのに、乳母のことをまっさきに気遣われておりました。そして、一休みすることもなくすぐ旦那様に挨拶に行かれました。高慢なところが少しもない、毅然《きぜん》として思いやりに溢れたお方かと存じます」

「そうか――」

クラウディオの口元がわずかに緩んだ。

「よかった」

フェデリーゴがニヤリとした。

「おや、王女様のこととなると嬉しそうだね」

「黙れ」

クラウディオはギロリとフェデリーゴを睨んだ。だがそういう表情には慣れっこなのか、フェデリーゴはさらにニヤニヤして続けた。

「だって、もう何年も前から王女様を奥方にするために頑張ってきたんだろう？　よかったじゃないか、想いが叶ってさ」

クラウディオの目つきがさらに鋭くなる。

「余計なことを彼女に言ったら、殺すぞ」

「おおこわ」

フェデリーゴがおどけて肩を竦める。

「俺はなにも言わないよ。君が彼女に積年の想いを告げるんだな」

クラウディオが顔を顰める。

「そんなこと――言えるか。怯えさせてしまう。私は、女心など疎い」

フェデリーゴとマルロは顔を見合わせた。

フェデリーゴがこれ見よがしにため息をついた。

「あーあ、戦場では鬼神の如く戦い世に名を馳《は》せた『黒狼伯爵』が、女性に対してこんなに初心だと知ったら、バニーニョ王国軍もビックリだな。夫婦生活の方は、大丈夫か？」

クラウディオの目元がわずかに赤く染まり、鋭く言う。

「黙れ、殺すぞ」

「旦那様、まずはそのような粗暴な口のきき方に、お気をつけくださいませ。奥様がますます怯えてしまいます」

マルロが口を挟んだ。

「む――」

クラウディオが口を閉ざした。

「そうそう。姫君には優しくね。君はただでさえ顔が怖いんだから、もっとにっこりして」

フェデリーゴの言葉にクラウディオはむすっとして答える。

「面白くもないのに、笑えない」

「うわあ、先が思いやられるな。姫君がかわいそう。こんな慣れない辺境地に偏屈な旦那ときた。早々に逃げ帰らないといいけど」

フェデリーゴが大袈裟《おおげさ》に頭を抱えた。

クラウディオが断固とした口調になる。

「逃がさない」

「相手は狩りの獲物じゃないんだから。いきなり襲っちゃダメだよ。君、やりそうだから」

「なんだと?」

クラウディオが本気で怒り出しそうな気配に、マルロがその場を収めるように言う。

「まあまあ――とにかく奥様が無事到着してようございました。旦那様はこれからゆっくりと、奥様と打ち解けてゆけばよろしいのですよ」

クラウディオは少し態度を和らげる。

「うん、そうだな」

「じゃ、俺は行くよ。明日は休暇をもらってるからね、お目当ての村娘でも口説きに行くよ」

直後、フェデリーゴはぴしっと踵《かかと》を揃えきっちりと敬礼した。

「失礼します、伯爵」

「ご苦労、兵長」

クラウディオも綺麗な敬礼で返した。

フェデリーゴが退出すると、クラウディオは、

「明日は、チェチーリアが目覚めてから朝食を共にする。厨房にそう伝えてくれ」

と、マルロに指示した。

「かしこまりました。旦那様も長くお待ちになり、お疲れでございましょう。浴室に湯を張らせましたので、温まってからおやすみくださいませ。いつも通り、付き添いの侍従は

いりませんね？」

「うん、一人で済ます」

「では、失礼します」

マルロが引き下がろうとすると、クラウディオが小声で言った。

「口づけ――してしまった」

「は？」

マルロが振り返ると、クラウディオは顔を背けてぼそぼそと続けた。

「まずかったのだろうか？」

マルロが口元を綻ばせる。

「奥様は拒絶なさいましたか？　泣いたりしていやがったりとか――？」

「それは、ない」

「なら、ようございました。ご夫婦になるのですから、かまわないと思いますよ」

「そうか――もう行け」

「失礼します」

マルロが部屋を出ると、扉の向こうにフェデリーゴが立って肩を震わせていた。

「くくく、ほんとうに女に耐性ないなあ」

マルロが少し怖い顔をする。

「兵長殿、立ち聞きなど品がないですぞ」

フェデリーゴが真顔になる。

「俺はさ、伯爵が幸せになることだけを祈ってるんだ」

マルロも感情のこもった表情になった。

「そうですね。旦那様にもやっと春が巡ってきたのですから」

二人は閉じた扉を、情感を込めてじっと見つめた。


窓辺に立ち尽くしたクラウディオは目を閉じて、吹雪く風の音を聞いていた。

「水色の瞳――」

心臓がきゅっと痛くなり、思わず拳を胸に押し当てる。

こんどこそ――こんどこそきっと幸せにするのだと強く思った。


「姫君――そろそろお目覚めになりますか？」

乳母の声が遠くから聞こえてくる。

「ん……」

チェチーリアはゆっくりと瞼《まぶた》を開く。

ベッドの天蓋幕を半分ほど巻き上げ、乳母が顔をのぞかせていた。乳母の背後から、朝の光が眩しく差し込んでいた。チェチーリアは目をこすりながら慌てて起き上がる。

「いけない――私、すっかり眠りこけて」

「執事長から、姫君に於《お》かれましては充分にお休みなられるようにとのことでした」

「でも、こんなに寝坊しては伯爵様のご機嫌を損ねてしまうかもしれないわ」

ベッドを下りようとするチェチーリアの足元に、乳母が素早く室内ばきを揃えた。それからガウンを肩から着せかける。

「ご気分はいかがですか？　伯爵様の執務室でお倒れになったと聞いて、心配しておりました」

「たっぷり寝たから、もう大丈夫よ。ばあやこそ体調はもういいの？　私なら自分の身の回りのことはできるから、休んでいてちょうだい」

乳母が目を潤ませる。

「いつもお優しい姫君で――いえ、もう奥様でしたね」

チェチーリアはぽっと頬を染めた。

「なんだかまだ実感がないわ」

乳母が目を伏せた。

「奥様はまだまだいとけないのに、お一人でこんな北の辺境地へ嫁がされて――」

「私が決めたことよ。さあ身支度をしましょう」

寝室の隣に化粧室が設えてあった。

可愛らしい花模様の象嵌《ぞうがん》を施した化粧台と椅子と鏡、台の上にはずらりと化粧品が並んでいた。乳母はチェチーリアを化粧台の前に座らせると、

「まずはお身体をお拭きしましょう。お湯を用意してくれているそうです。それから、お着替えを――っ」

備え付けのクローゼットを開いた途端、声を呑んだ。

「どうしたの？」

チェチーリアが振り返ると、クローゼットにぎっしり並んだ色とりどりのドレスが目に飛び込んできた。

「まあまあ、下着から靴、帽子、バッグまでなにもかも揃ってます」

乳母が感嘆したように言う。

「こんなにたくさんのドレス……」

チェチーリアは呆然とする。王城では最低限の生活費しか与えられず、チェチーリアは数枚のドレスを何年も着回していたのだ。

「少なくとも伯爵様は奥様のことをきちんと迎えるおつもりでしたのですね。ああ、ばあやは少し安心しました」

乳母は声を弾ませ、ドレスを選んでいる。だがチェチーリアは困惑を隠せない。

「きっと、王女だから贅沢好きだと思われたのだわ。辺境は決して豊かではないと聞いているもの。もしかしたら伯爵様に散財させてしまったのかも。申し訳ないわ」

「なにをおっしゃいます。これまで姫様――奥様は女王陛下に理不尽に蔑ろにされていたのですよ。これからは、うんと伯爵様に甘やかせてもらう権利がございますよ」

乳母が憤然とするが、チェチーリアには、あの厳格そうなクラウディオに甘えるなど想像もできない。

乳母が選んだ清楚《せいそ》な水色のモーニングドレスに着替え、髪を結い上げてもらう。薄化粧を施されると、鏡の中に別人のような美女が現れた。

「ああ、なんてお美しい。初々しい新妻そのもの。これなら伯爵様もお気に入られること間違いなしですわ」

乳母が手放しで褒めちぎるが、クラウディオに派手好きな金のかかる妻だと思われているのかもしれないと思うと、気が引けてしまう。

程なく、執事長のマルロが扉をノックした。

「奥様、お支度できましたでしょうか？　食堂へご案内します」

「はい、今行きます。ばあや、あなたはまだ本調子ではないでしょう。お部屋で休んでいて。お食事はあなたのお部屋に届けさせるから」

チェチーリアは乳母にそう言い置いて、部屋を出た。

廊下で待機していたマルロは、現れたチェチーリアを見て目を丸くする。

「これは――見違えるくらいお美しくし上がりましたね」

チェチーリアは頬を染める。

「伯爵様に過分なお支度をしていただいて――」

「とんでもない。旦那様は足りないのではと、心配しておりましたよ」

やはり、都会の贅沢好きな王女だと思われたのだ。

マルロに案内され、廊下を進む途中、窓の外にどさりと大量の雪が落ちてきて、その音にびくりとしてしまった。窓から見える内庭は、小柄なチェチーリアなら埋まってしまいそうなほど雪が積もっていた。

「あ、今のは?」

マルロが窓際に寄って屋根の方を見上げる。

「驚かせてしまいましたか。ご心配要りません。屋敷の皆で、屋根の雪下ろしをしております。ルッキーニの冬の朝はまず、屋根の雪下ろしから始まります。放っておくと、雪の重みで屋根が傾いてしまいますからね」

「雪下ろし……初めて知りました」

「寒いですが、作業をご覧になりますか？」

「ええ、ぜひ」

マルロが窓を開いた。チェチーリアは窓辺に寄り、顔をのぞかせる。

「おおい、そっちから落とすぞ」「了解」「そーれ」

勇壮な掛け声と共に、どさどさと大量の雪が庭に落ちる。屋根に梯子《はしご》を掛け、毛皮のコートを着込んだ使用人たちが、大きなスコップで屋根の雪を掻《か》き落としている。

その中に、ひときわ上背のある男性の姿があった。クラウディオだ。

彼はこの極寒にシャツ一枚で腕捲《まく》りをし、屋根の上で使用人たちに指示を出していた。

「煙突の上の雪は慎重に落とせ。暖炉に雪が落ちたら、部屋中が灰だらけになるからな」

「庭の通路の確保も怠るな」「こちらの屋根は私に任せろ」

クラウディオは力強く雪を掻いていく。盛り上がった腕の筋肉が、鍛え上げられた軍人であることを物語る。

「伯爵様自ら、雪下ろしを――」

「はい、旦那様は身を使うことを厭《いと》いません。あのお方は、なんでも先頭にお立ちになり、働くのです」

チェチーリアは雪まみれで立ち働くクラウディオの姿に、しばし見惚《みと》れていた。

「いつまでも外気に触れていると、お風邪を召されます。先に食堂に参りましょう」

マルロに促され、チェチーリアは食堂に赴いた。

食堂は白い漆喰《しっくい》に緑豊かな風景画が描かれて、明るい雰囲気だ。まっ白なクロスをかけた長いテーブルの上に、磨き上げられた銀食器が二人分置かれてあった。

「こちらへ」

マルロが暖炉のすぐ側の椅子を引く。一番いい席だ。

「いえ、そこは伯爵様の席では――」

「旦那様から、奥様に一番暖かい席を勧めるよう、言われております。さあ、どうぞ」

「はい――」

促されて、腰を下ろした。

程なく、軽快な靴音が響き、クラウディオが食堂に入ってきた。先ほどのシャツ一枚の格好から、きちんとしたグレイのスーツに着替え、髪を綺麗に撫でつけている。額に汗して雪を掻いていた野生的な姿から一転、気品すら感じさせる。そのギャップに、チェチーリアはなぜか動悸《どうき》が速くなる。

「待たせたな」

クラウディオは入るなり、チェチーリアの姿に視線を釘《くぎ》付けにした。

チェチーリアは座ったままでは失礼かと、立ち上がろうとした。

「いや、そのままでいい」

クラウディオが手で制する。彼は素早くチェチーリアの向かいの席に腰を下ろした。そして、まじまじとこちらを見てくる。表情が読めないので、チェチーリアは彼が機嫌がいいのか不機嫌なのかもわからない。

「お、おはようございます、伯爵様」

挨拶をすると、彼はうなずいた。

「おはよう——よく眠れたか？」

「はい、ぐっすり眠りました。少し、寝坊したかもしれません。申し訳ありません」

「好きなだけ寝ろと言ったのは私だ」

クラウディオはむすっとしたままナプキンを広げた。

「はい……」

話の継ぎ穂がなくて、チェチーリアはうつむいてしまう。しかし、前もって言うことを心に決めてきたので、思い切って声をかけた。

「あの——」

「なんだ？」

「私のお部屋を用意してくださって、ありがとうございます。素晴らしい内装に、たくさんのドレスまで……」

「屋敷の女主人を迎えるのだ、当然だ」

「でも、私には過分なお心遣いです。せめて、これをお渡しします」

チェチーリアは懐からトーニオからもらった金の懐中時計を取り出して、テーブルの上に置いた。クラウディオは不可解そうな顔で時計を見た。

「これは？」

「王位継承者だけが持つ懐中時計です。異母弟から別れ際に贈られたのですが、私には財産と言えるものはこれしかなくて」

クラウディオが鋭い眼差しでチェチーリアを見つめた。彼は時計に手を出そうとしない。

「あの、持参金には到底足りないかもしれませんが――」

「私が、金目当てであなたとの結婚を申し出たと？」

彼の声が低くなる。気分を害しているようだ。

「いえ、決してそのような……」

チェチーリアは消え入りそうな声で答えた。

「それは、王子殿下が餞別《せんべつ》にあなたに託したのだろう？」

「は、はい」

「では、大事に持っていなさい。王子殿下のお気持ちを無駄にしてはいけない」

「はい……」

チェチーリアはきまりが悪くなり、そっと懐中時計を懐にしまった。「黒狼伯爵」は思っていたよりずっと清廉な人物なのかもしれない。

「私は、あなたさえ娶ればいい」

クラウディオがぼそりと言う。

「――」

金品よりも、王家の縁者になる名誉の方が大事ということだろうか。彼の表情や口調からは、本心が読み取りにくい。

そこへ侍従たちが現れ、配膳を始めた。

目の前に、初めて見る料理ばかりが並んだ。

血のように真っ赤なスープ。かちかちの黒パン。なにか煮込んだ黄色いお粥《かゆ》のようなもの。それと深いカップに注がれた紅茶。

王城では、いくら貧しい暮らしを強いられていたとはいえ、王家の王女である。朝食には、焼きたてのふわふわの白パン、卵料理、温かいコンソメープ、新鮮なミルク、果物などが並んだものだ。

手を出しそびれ、唯一紅茶は飲めると、カップを手にしようとしたが砂糖の壺《つぼ》が見当たらない。しかたなくパンを食べようと手にしたが、硬くて歯も立たないし、手で割ることもできない。

クラウディオがちらりと自分の皿から顔を上げた。彼は戸惑っているチェチーリアを見ると、手を差し出した。

「パンをよこしなさい」

「はい」

黒パンを受け取ったクラウディオは、やすやすと手で割り、一口大にちぎり、それをチェチーリアのスープの皿に入れた。

「パンは硬いので、こうしてスープに入れて柔らかくして食べるんだ」

手助けしてくれてホッとするが、

「あの――このスープは、何かの獣の血でしょうか？」

と、おそるおそるたずねると、クラウディオが目を丸くした。わずかに彼の表情が緩んだように見えた。

「これはルッキーニ地方で採れるビーツというカブのスープだ。色は真っ赤だが、味は悪くない」

「まあ、野菜でしたか」

チェチーリアは胸を撫で下ろし、スプーンを手にしてスープを口にした。ほんのり酸味の効いたスープに柔らかくなった黒パンの甘みがよく合っていて、意外にもとても美味しい。昨夜からなにも口にしていなくて、温かいスープは胃の腑に染み渡る。

「ああ、温かいわ」

チェチーリアがしきりにスプーンを動かす様を見ながら、クラウディオがぽつぽつと話し出した。

「このあたりは寒冷地で、普通の小麦は育たない。そのため、芝麦《しばむぎ》という地を這うような麦を育てるのだが、この小麦粉から作るパンはとても硬いので、こうして食べるのが慣《な》らわしだ。そちらの皿は、粟《あわ》の粥だ。都会では小鳥の餌に使うようだが、ここらでは栄養豊かな食材だ」

彼はふと気がついたように続けた。

「王都ではこのような田舎料理は出ないのだな？　口に合わなかったか。明日から、あなたの希望するメニューを厨房に命じておこう」

チェチーリアは首を横に振る。

「いいえ、伯爵様と同じメニューでかまいません。私はここに嫁いできたのですから、この地方の食べ物をいただきます。それに――とても美味しいわ」

クラウディオは目を細めた。

「そうか。ああ、紅茶には木苺《きいちご》のジャムを入れて飲むんだ」

彼はジャム壺からたっぷりとジャムを掬《すく》い、チェチーリアの紅茶のカップに入れてスプーンでくるくると掻き回した。

「ジャムを入れるのですか？」

「ここらは砂糖は貴重なので、普段の甘味は蜂蜜やジャムでまかなう。ジャム入り紅茶は身体が温まる。スプーンで掬いながら飲んでみろ」

「はい」

受け取ってスプーンで紅茶を口に運ぶ。とろりとした甘さが口いっぱいに広がった。

「甘いわ。お菓子みたい」

クラウディオはうなずくと、再びもくもくと自分の食事に専念する。

チェチーリアはクラウディオは無口なたちで、黙っているからといって別に不機嫌ではないのだと悟った。

先に食事を済ませたクラウディオは、ナプキンで口元を拭った。

「私は午後から普段の執務に戻るが、あなたは部屋で好きに過ごしなさい。私は都会の暮らし方を知らぬので、欲しいものはなんでも執事長のマルロに言うといい」

クラウディオが席を立とうとしたので、チェチーリアは慌てて声をかけた。

「あの――」

クラウディオが腰を浮かせたまま顔を向ける。

「なにが必要だ？」

「いえ――あの、もし午前中お時間があるのでしたら、お屋敷の周りだけでもいいので、案内していただけますか？　私、この地方のことをなにも知らないのです」

クラウディオはじっとこちらを見つめた。

「雪ばかりで、なにも見るべきものなどないぞ」

「私——あんなに雪が積もるなんて、生まれて初めて知りました。雪だけではありません。屋根の雪下ろしも、鮮やかな赤いスープも——なにもかも初めて。だから、もっと知りたいんです」

クラウディオが片眉を上げた。

「屋根の雪下ろし——あんなものを見ていたのか？」

「はい。伯爵様も屋敷の者たちも、皆生き生きと立ち働いていて、とても、その——」

チェチーリアは小声になる。

「感動しました」

クラウディオはこちらの真意を窺《うかが》うみたいに鋭い目つきで見つめてくる。彼はかすかに息を吐いた。

「あなたのためにクローゼットいっぱいの衣服を用意させた」

「あんなにたくさんのドレス、もったいなくて……」

「だが、王都育ちのあなたがこの極寒に、よもや外へ出たいなどと言い出すとは思わず、ブーツも防寒具も準備させていなかった」

「——申し訳ありません」

「謝るな。私の手抜かりだ。すぐに、ブーツとコート、マフラーやマフを用意させよう」

「そんな、申し訳——」

クラウディオが怖い目つきで睨んできた。

「無意味に謝るな」

チェチーリアは叱られたのかと思い、びくりと肩を竦めた。クラウディオは少し口調を和らげた。

「半刻であなたの部屋に防寒具を届けさせる。一時間後に、しっかり支度し、玄関ホールで落ち合おう」

チェチーリアはぱっと顔を輝かせた。

「よろしいのですね？」

「もちろんだ」

「ああ、嬉しい」

思わず口元が綻んだ。

クラウディオが瞬きもせず見つめてきた。彼がぼそりとつぶやく。

「――やっと笑った」

「え？」

「なんでもない。では、行く」

クラウディオは食堂の戸口に向かった。かと思うと、ふいに踵《きびす》を返して戻ってきた。なにか言い忘れたことでもあるのかと、チェチーリアが顔を振り向けると、クラウディオが身を屈め、素早く唇に口づけした。

「ぁ」

ちゅっと軽い音を立てて唇はすぐに離れた。クラウディオの右手がそっと頰に触れた。

「また後で、チェチーリア」

「は、はい」

ふいの口づけにドキマギしてしまう。

クラウディオはそのまま今度は振り返らずに退出していった。

彼がいなくなると、食堂が妙にがらんとして見えた。

食事が終わる頃、マルロが迎えに現れた。

「奥様、お部屋へご案内します。外出のための衣服は、すでにお部屋にお届けしてあります。なにぶん急なことで、予備室にあったものや近隣の洋品店から搔き集めた間に合わせなもので、お気に召さぬかもしれません。後日、早急に新しく揃えますので」

マルロの手際の早さに驚く。

「ありがとう。手数をかけたわね」

「いいえ、奥様の望みはすべて叶えよとの旦那様からのお達しですので。さあ参りましょう」

マルロに先導されて廊下を進みながら、チェチーリアはおそるおそる聞いた。

「あの……私が外出したいなんて言って、伯爵様のお仕事のお邪魔になりませんか？」

マルロが足を止めて振り返る。

「とんでもございません。旦那様は、奥様をお迎えになった昨日から、半月ほどは仕事を抑えると明言しておりました。幸い豪雪時期ですから、国外からの侵略などもなく、この時期は旦那様もわりと時間の融通がききますので」

「え、でも午後からは仕事があるとおっしゃったから……」

マルロが目を細めた。

「それは――照れ隠しでしょう」

「？　照れ……？」

意味がわからず首を傾げたが、マルロは前に向き直った。

「なんでもございません。とにかく、しばらくはお二人でゆったりお過ごしください。新婚なのですから」

「……はい」

「新婚」という甘い響きに、胸の奥がきゅんと熱く痺《しび》れた。だが、まだ夫婦になったという実感はないままだった。

部屋に戻ると、マルロの言う通り、毛織りの下着、毛織りの厚い生地のミルク色のドレス、白貂《しろてん》毛皮のコートと帽子、白いマフラー、白いマフ、雪用の白いブーツなどが一式届けられてあった。乳母の手を借りて身支度をした。温暖な王都に住んでいたので、こんな着膨れするほど着込むのは生まれて初めてだ。鏡の中にはもこもこした自分がいて、なんだかおかしい。王城でトーニオが可愛がっていたプードル犬を思い出した。

時間通りに玄関ホールに出ていくと、分厚い黒い外套《がいとう》を着込んだクラウディオがすでに待ち受けていた。側にマルロが控えている。

「お待たせしました伯爵様」

声をかけると、振り向いたクラウディオが目を丸くする。なにも言わずに穴が開くほど見つめてくるので、身支度になにか不手際でもあったのかと焦った。

「あ――どこかおかしいですか？」

慌ててたずねると、クラウディオはハッと我に返ったような顔になった。

「あ、いや。行こうか」

クラウディオが左肘を曲げて隙間を作る。そこへそっと右手を添えた。厚い外套の上からでも、硬い筋肉がはっきりと感じられる。早朝目にした彼の腕捲りした二の腕を思い出し、脈動がドキドキと速まる。

と、外から大きく玄関扉が開き、雪まみれのフェデリーゴが飛び込んできた。

「ひゃあ、まいったまいった」

　彼は靴拭きマットの上で外套の雪を払いながら、ぱっと二人の方を見遣った。彼は陽気に言った。

「おお、奥様実にお美しい。まるで雪の精のようですよ」

　クラウディオの左腕にぐっと力がこもったような気がした。彼は抑揚のない声でフェデリーゴに言う。

「兵長、命令通りにしたのか？」

「無論です、伯爵。屋敷の周りから、村の入り口あたりまで、うちの隊総出で道を作りましたよ。今日は晴天で風もないから、道が雪で埋まることもないと思います」

　フェデリーゴはニコニコする。

「どうぞ、心ゆくまでお二人で散策なさってくださいね」

「余計なおしゃべりはもういい。ご苦労兵長、行け」

　クラウディオが鋭く言った。怒っているような声だ。フェデリーゴは平然として軽く肩を竦めた。

　マルロが素早く口を挟んだ。

「兵長殿、厨房に熱いお茶を準備してありますから」

「了解。それでは失礼」

　彼はクラウディオに軽くウィンクし、素早く身を翻して廊下の奥へ姿を消した。

クラウディオは怖い目つきで見送っている。

「さあさ、旦那様、奥様、お出かけください。お帰りには、うちのコックが腕によりをかけた美味しいお茶菓子をお出ししますから」

マルロが扉を開き、促した。

「では、行ってくる」

クラウディオはチェチーリアを連れて外へ踏み出した。

「あ、眩しい……」

空は雲ひとつない晴天で、日光が雪に反射してキラキラ光っている。積もった雪を掻き出して、玄関から門扉まで一筋の道が作られてあった。

「慣れないと滑る。私にしっかり摑まっていなさい」

「はい」

ゆっくりと歩き出す。毛皮のブーツの下で、雪がきしきしと音を立てた。道の両脇に積もった雪は、小柄なチェチーリアなら埋まってしまいそうに高い。チェチーリアは見上げてため息を漏らす。

「すごい。毎年こんなに雪が積もるのですか?」

「今年は少ない方だな」

「ええっ、これで?」

目を丸くしているチェチーリアにクラウディオは淡々と説明する。

「だがこの豪雪のおかげで、国境を接しているバニーニョ王国軍も侵略して来られない。備えを整えることもできる」

昔から、隣国のバニーニョ王国とは国境を巡り小競り合いが頻発していた。女王アンジェラは領土拡大のために、隙あらばバニーニョ王国を侵略することを目論んでいるらしい。そういう政治的な話は、異母弟のトーニオからよく聞かされていた。

領地を守るクラウディオにはさぞや心労が絶えないだろう。

「では、この長い冬は、ルッキーニの人々にとっては平穏な季節でもあるのですね。だから、伯爵様はこの時期に私との婚姻を望まれたのですか。お気持ちに余裕がなければ、結婚しようなどとお考えになれませんもの」

クラウディオが目を瞬く。

「あなたは――」

彼は一瞬口ごもる。

「とても賢いな」

チェチーリアはハッと口を閉ざした。小賢しい女だと思われたかもしれない。

「ごめんなさい――きいたふうなことを言いました」

顔をうつむけると、クラウディオの左腕にきゅっと力がこもった。気分を害してしまったかもしれない。

「前にも言ったが――」

クラウディオが言いかけた時、

「伯爵様、おはようございます」「伯爵様、ごきげんよう」

道の向こうから、毛皮を着込み足に長い板を履きストックを持った数人の村人が現れた。背嚢《はいのう》と猟銃を背負っているので、猟師かもしれない。

「おはよう」

クラウディオが挨拶を返すと、彼らは二人を囲んで賑《にぎ》やかな声を出した。

「伯爵様、そのお方が許嫁の姫君ですか？」「これは絶世の美人だ」「伯爵様、おめでとうございます」

村人たちが気さくに話しかけてくる。クラウディオが小声で耳打ちしてきた。

「チェチーリア、挨拶を」

チェチーリアは腕を解くと、スカートの裾を軽く摘んで一礼した。

「チェチーリア・ラフォレーゼです。皆さん、これからよろしくお願いします」

わっと村人が歓声を上げた。

「奥様、おめでとうございます」「伯爵殿をよろしくお願いしますよ」「どうか、伯爵様を幸せにして差し上げてくださいまし」

皆が満面の笑みで話しかける。その口ぶりから、クラウディオが地域の人々から慕われ信頼されていることがありありとわかる。

クラウディオが軽く咳《せき》払いをした。

「妻はまだ到着したてで、この土地に慣れていない。春が来て、正式に結婚式を挙げたら披露宴を開くつもりだ。その時にはこの地方の住民全員を招待する」

村人たちは笑顔でうなずき合った。

「承知しました。では我々は狩りに出かけます」「後でお屋敷に、とびきり太った野ウサギをお届けしますよ」「失礼します、奥様」

彼らは器用に雪の上を滑っていく。

「あの足につける道具。雪の上を、まるで水面を泳ぐ水鳥みたいに滑っていけるのですね」

「すまぬ、辺境の者たちゆえ、礼儀知らずなところがあるが、悪気はないのだ」

チェチーリアは首を振る。

「いいえ、皆素朴でとても感じのいい人たちばかりです――あの……」

「なんだ？」

「結婚式を、挙げるのですか？」

「もちろんだ。春になって雪が解けてから、盛大にする。それまでは、我慢してほしい」

「我慢ではなく――」

チェチーリアは口ごもる。

「なんだ？　言いかけたならはっきり言え」

鋭い目で睨まれ、チェチーリアは小声で答えた。

「私なんかに結婚式など――」

「どういう意味だ？」

さらに目つきが怖くなる。

もともと、厄介払いでここに嫁がされた身だ。王女だというのに、嫁入り支度も持参金も皆無に近い。クラウディオだって、王家の王女を妻にして箔付が欲しかっただけなのだから、わざわざ金のかかる結婚式などする必要はないのではないか。

そう言いたかったが、口にすると惨めな気持ちになりそうで、言葉を呑み込んでしまった。無言でいると、クラウディオも沈黙してこちらを見つめている。

いたたまれない空気になる。

と、ふいにクラウディオが鋭く言った。

「チェチーリア、私を見なさい」

おずおず顔を上げると、まっすぐに視線を捉えられた。

「チェチーリア、私は人の気持ちを読むことが苦手だ」

「――」

「言いたいことがあれば、はっきり言ってほしい。結婚式を挙げたくないというのなら、無理にはしない。それでいいのか?」

「ぁ――」

「私は、あなたが嫌なことを無理にする気はない」

「――」

「あなたが私に謝ってばかりいるのも、理解できない」

「――」

「私は、あなたを娶りたいと望み、あなたもそれを承諾した。双方の合意があると理解していたが、それは間違いか?」

「――」

「私は、あなたを妻とし、生涯寄り添い守りたい。その決意をしている」

「――」

飾り気のない真摯な言葉が、胸を強く打つ。箔付のための妻だとしても、クラウディオは夫として向き合う覚悟をしてくれているのだ。

それなのに自分は――卑屈になってクラウディオの顔色を窺ってばかり、妻としての自覚など皆無だった。

クラウディオのことをもっと知りたい。この人ときちんと向き合いたい。

その思いが強く胸に湧き上がってくる。

チェチーリアは深く息を吸った。

「私は……」

クラウディオがぐっと身を乗り出してきた。

「伯爵様の妻になりたいです」

「――」

「伯爵様のこともこの土地のことも、もっと知りたい……それに、それに……」

喉元に熱いものが込み上げてきて、声が震えた。

「それに、なんだ？」

クラウディオが先を促す。

「結婚式、したいです」

ほろりと涙が頬に零れた。

離れに閉じこもって暮らしていた頃は、誰かと結婚できるなどと思いもしなかった。アンジェラやリリアンに疎まれながら、ただ歳をとっていくだけの人生だと諦めてもいた。

でも、チェチーリアの胸の奥には、恋や結婚に対する淡い憧れがずっとあった。決して叶えられない儚《はかな》い望みだと思っていた。

「皆に祝福されて、結婚式がしたい……です」

クラウディオの節高な指先が、そろりと涙を拭った。

「そうか。わかった。必ず結婚式を挙げよう」

無愛想だが心のこもった言葉に、後から後から、涙の雫《しずく》が溢れて落ちる。

「うぅ……」

嗚咽《おえつ》を噛み殺すと、クラウディオがハンカチを懐から出して涙を拭いてくれる。

「泣かなくていい、チェチーリア」

クラウディオがそっと肩を引き寄せた。彼ははるか彼方の稜線《りょうせん》を指差す。

「ほらご覧、あちらが国境線になっているルッキーニ山脈だ。そしてそこに聳《そび》える山並みは、深い谷のある険しい地帯だ。雪山に慣れた猟師でもなかなか立ち入らぬ。だがユキヒヨウが多く生息していて、その毛皮のコートは防寒に優れ極上だ。いつか、あなたにユキヒョウのコートを贈ろう」

「……ひっく……」

まだしゃくり上げながら、チェチーリアはクラウディオの説明を聞いた。無口な彼が不器用に言葉を繋《つな》いで、チェチーリアの気持ちを晴らそうとしてくれているのだと感じた。

気持ちが次第に落ち着いてくる。

雪山を見ているうちに、母のことが脳裏に浮かぶ。

「あの、伯爵様――私の母、先の王妃はこの地で命を終えたことをご存知ですか?」

「――」

クラウディオがふいに押し黙った。

彼は抑揚のない声で答えた。

「――話には聞いている。先の王妃陛下が雪山で事故に遭われて命を落とされたということは。だが、当時は私もまだ子どもだったので、詳しい事情は知らぬ。王妃陛下にお会いしたこともない」

「そうですか。ごめんなさい、気持ちのいい朝に死人の話など持ち出して、ご気分を害されましたか?」

「いや。王妃陛下に於かれてはお悔やみ申し上げる。あなたが生まれた直後の事故だと聞いている」

「はい。私は母上の顔も声も知りません、でも――だからこそ、母のゆかりの地に嫁いできたことに、なにか縁を感じるのです」

「そうか――縁か」

クラウディオははるかな雪の稜線にじっと目をやった。視線が遠い。なにを考えているのだろう。と、ふいに彼は顔を振り向けた。

「そろそろ戻ろう。あなたは寒さに慣れていないから、これ以上は凍えてしまう」

「はい」

チェチーリアはクラウディオの腕に縋《すが》り、ぴったりと身体を寄せ合って元来た道を歩き出した。

二人はしばし無言でいた。きしきしと足の下で沈む雪の音だけが響く。無口なクラウディオが不器用ながら誠意を尽くしてくれようとしたことに、胸がほんのりと温かくなった。

チェチーリアは自然に言葉を発していた。

「伯爵様、私、雪を踏むこの感じ、とても好きになりました」

「そうなのか？」

「はい。一歩一歩踏みしめて前に進むのが、生きているって実感します」

「そんなこと、考えたこともなかった」

クラウディオがしみじみした声を出す。

「あなたは、美しく知的で多彩な言葉を紡ぐ。私にはただの雪なのに、まるで美しい詩の一節を聴いているようだ」

そんなふうに褒められて、心臓がトクンとときめく。

屋敷が見えてくる。昨日到着した時は気が付かなかったが、雪掻きをした屋根は橙《だいだい》色であたたかみがあった。なんだか、もう何年も前からあの屋敷に住んでいるような安心感が湧く。

窓から二人の姿を見つけたのか、玄関口にマルロや使用人たちが現れて勢揃いした。乳母も交じっている。人当たりのよい乳母は、もう屋敷の使用人たちと打ち解けているようだ。

「お帰りなさいませ、旦那様、奥様」

全員がこちらに向かって手を振っている。寒さで皆の鼻の頭が赤く光っている。その様子がおかしくて、思わず笑みが漏れた。

「ふふ、ただいま」

チェチーリアは小さく手を振り返した。

「チェチーリア」

クラウディオが長身を屈め、耳元で低い声でささやいた。

「今夜、あなたの寝室に行く」

彼の熱い息遣いが耳孔を擽《くすぐ》る。そして、しばらくその言葉の意味が頭に入ってこなかった。それは、ほんとうに夫婦として結ばれるという意味だった。

かあっと全身が熱くなった。

「……は……い」

チェチーリアは消え入りそうな声で返事をした。

第二章　冬のぼたん雪

「今宵は大事な夜ですからね、念入りにお手入れしましょう」

帰宅し、チェチーリアから褥《しとね》を共にする話を打ち明けられた乳母は、俄然《がぜん》張り切った。

なみなみと湯を張った浴槽にチェチーリアを入れると、薔薇《ばら》の香りのするシャボンで頭から爪先まで丁重に洗う。髪の毛を洗うと、滑らかな香油を擦り込む。

チェチーリアは緊張して身を強張らせた。

「ばあや、わ、私、とても無理……」

乳母は手を動かしながら、励ますように言う。

「大丈夫ですよ。こういうことは、殿方にお任せしておけばいいのです」

「ち、違うの……その、う、生まれたままの姿を見せるのでしょう？　わ、私なんか貧相で、伯爵様ががっかりしたらどうしよう……」

乳母が優しくチェチーリアの頬を撫でる。

「とんでもない、姫君――奥様はとてもお綺麗ですよ」

「ほ、ほんとうに？」

これまで、みすぼらしい格好を強いられ公の場に出たこともなかったチェチーリアは、自己評価が極度に低かった。

「ほんとうですよ、さあ、お湯から出て。お拭きしましょう」

乳母はチェチーリアを洗面所に立たせ、ふわふわした大きなタオルで身体中を拭う。その後、花の香りのするクリームを全身に擦り込み、マッサージをした。

「透き通るような白い肌、お人形さんのような愛らしいお顔立ち、すんなりした手足、まろやかなお胸、さらさらの栗色の髪――こんなに清純で美しい女性を私は他に知りません」

乳母の賛美の言葉は嬉しかったが、身贔屓ではないだろうかとも思った。

下着は着けずに新品のシルクの寝巻きに着替えさせられ、その上から厚手の毛織りのガウンを羽織った。

乳母は寝室にチェチーリアを導き、ベッドの端に座らせた。その後、暖炉に薪を足し、部屋の灯りをベッド際のオイルランプだけにした。

「では、おやすみなさいませ。奥様、よい夜を」

「ぁ……待……」

声をかける前に扉が閉まった。一人になると、チェチーリアはさらに緊張感が高まった。

男女の営みについては、ほとんど知識がなかった。男女がひとつのベッドで全裸で抱き合って子作りをする行為で、その際には、男性器を女性器に受け入れるらしい。それ以上のことはまるで見当がつかない。そもそも男性器など、彫刻や絵画で見た程度で、実物の形状など想像もつかなかった。

正直、とても怖い。

クラウディオはチェチーリアより頭ふたつ分も背が高く、がっしりと鍛え上げられた体格で、体重はおそらく倍くらいあろう。抱き潰されてしまわないか？

チェチーリアは立ち上がると、うろうろと寝室の中を歩き回った。

ふいに扉が軽くノックされた。クラウディオが訪れたのだ。

チェチーリアはぎくりとして、慌てて洗面所に飛び込み、足拭きマットの上にしゃがみ込んでしまった。

扉が静かに開き、足音がまっすぐベッドに向かう。

ぴたりと足音がやむ。

「チェチーリア？」

不審そうな声が聞こえる。チェチーリアはますます身を竦めた。洗面所はひどく寒かった。素足が震えるのは、寒さのためか恐怖のためかもわからない。

クラウディオが寝室を歩き回る気配がした。

「チェチーリア、チェチーリア」

声をかけて探しているようだ。どうしよう。大事な初夜に逃げ隠れするなんて、クラウディオは気分を害したに違いない。

湯船で温めた身体がしんしんと冷えてくる。ふいにくしゃみが出た。

「くしゅん」

直後、パッと洗面所の扉が開いた。

クラウディオがまじまじとこちらを見ている。ガウン姿で、湯上がりなのか洗い髪が額に乱れ、昼間より若々しく見えた。

「そこで何を、している?」

じろりと鋭く見下ろされ、

「う……ぁ」

チェチーリアは答えられず視線を泳がせた。

と、やにわにひょいと横抱きにされ、まっすぐ暖炉の前に連れて行かれた。

「こんなに冷えて」

クラウディオは自分のガウンを脱ぐとそれでチェチーリアを包み、暖炉の前の毛織りの敷物の上に座らせた。そしてぎゅっと抱きしめてくる。

「風邪を引いたらどうする?　なぜあんなところに隠れていた?」

詰問口調で言われ、チェチーリアは声を失う。チェチーリアが答えないので、クラウディオは憤懣《ふんまん》やる方ないといった顔になる。

「私と同衾《どうきん》することが嫌だったのか？　それならそうはっきり言え。私はあなたが嫌がることはしないと言ったろう？」

そう言いながら、彼は両手でチェチーリアの身体を擦って温めようとする。彼の声色には怒りというより、哀切な響きがあった。

チェチーリアは消え入りそうな声で答えた。

「いや、ではなくて……」

「なくて？　なんだ？」

クラウディオは顔をのぞき込み、視線を捉えようとする。

「こ、わい……の」

「私が怖いのか？」

「ち、がいます……その……することが……私、なにもわからないから……すごく怖くなって……」

恥ずかしさに顔が真っ赤に染まっていくのがわかる。

「――」

クラウディオがじっと見つめている。その視線が柔らかくなる。

「それで、かくれんぼか」

「ごめんなさい……」

「いや――当然だ」

「え？」

意外な言葉に顔を上げると、クラウディオの目が笑っているみたいに細まっていた。

「無垢《むく》なあなたが怯えるのは当然だ。あなたは嘘《うそ》がつけぬのだな。素直でひたむきで――」

その後になにか言いたそうにしたが、クラウディオは黙ってぎゅっとチェチーリアを抱き寄せ、洗い髪に顔を埋めた。怒ってはいないようだ。頭の上でくぐもった声が聞こえる。

「――無理強いはしない。あなたが心を決めるまで、私はいつまでも待とう」

「え？」

夫婦の営みをしなくてもいいというのか？

「私たちにはこれからたくさん時間がある。大事な初めてを嫌なものにして、あなたを傷つけたくはない」

朴訥《ぼくとつ》だが誠実な言葉に、胸がじんと熱くなる。

クラウディオは髪に口づけを繰り返した。その感触に、もう寒くはないのに背筋がぶるりとおののいた。

クラウディオの唇が、額から目尻、頬に下りてくる。口の端まで来ると、ぴたりと止まった。心臓が高鳴る。

「キスは、いいか?」

低く艶めいた声でささやかれると、甘やかな期待が全身を駆け抜ける。コクリとうなずくと、すぐに唇が塞がれる。

「ん……」

小鳥が啄《ついば》むような口づけを繰り返され、その心地よさに身体の強張りも解けていく。男の長い指先がうなじから耳の後ろあたりをさわさわと撫でると、擽《くすぐ》ったいような疼《うず》きが背中を走り抜けていく。

ぬるりと唇を舐められ、誘われるように口が開いた。

熱い舌が滑り込んでくる。舌を搦め捕られ、思い切り吸い上げられると、脳芯が官能の痺れにとろりと蕩《とろ》けた。

「んんぅ、んん……っ」

息苦しさと心地よさに、頭の中がぼうっとしてくる。

くちゅくちゅと舌が淫らに擦れ合う音が耳奥を犯し、身体の芯が熱く火照ってくる。クラウディオの左手は顔に添えられ、右手が背中を優しく撫で摩《さす》る。

「ふぁ……は、はぁ、あ……」

クラウディオの舌は、チェチーリアの口腔を味わい尽くす。彼の濃厚な口づけに翻弄され、胎内に眠っていた官能の興奮が呼び覚まされる。

背中をねっとりと撫でていた手が、おもむろに胸元に伸びた。まろやかな乳房をそっと掴まれた。

「んぁっ……」

初めて胸に触れられたことに驚き、目を見開くが、やわやわと優しく揉《も》みしだかれる行為に不快感はなかった。

「胸に触れてもいいか？」

口づけの合間に、掠《かす》れた声でささやかれ、素直にうなずく。

彼の指先が服地の上から探り当てた小さな乳首を掠めるように触れてくると、むず痒《がゆ》いような甘い痺れが下肢に走った。

「ふ、あ、あ、は……」

未知の刺激に思わず身を捩《よじ》る。だが、どういう仕組みなのか触れられるたびに乳首がツンと硬く尖《とが》ってきて、布地をくっきりと押し上げた。そこをくりくりと指先で抉《えぐ》られると、自分のあらぬ箇所がきゅうっとせつなく締まった。

クラウディオの無骨な指が、信じられないくらい繊細な動きで、鋭敏になった乳嘴《にゅうし》を触れるか触れないかの力で撫で回す。そのたびに、未知の甘い痺れが媚肉《びにく》をきゅんきゅん疼かせ、居ても立ってもいられない気持ちになる。

「ふぁ、ふ、は、はぁ……ん」

舌を貪られているのでくぐもった声しか出せず、喘《あえ》ぎ声が抑えられると逃げ場を失った官能の刺激が、下腹部にどんどん溜《た》まっていくようだ。

太腿《ふともも》の狭間がやるせなくわななくのを止められず、もじもじと内腿を擦り合わせてしまう。

「気持ち悦くなってきたか？」

ようよう唇を解放したクラウディオは、甘い低い声を耳孔に流し込んでくる。すでに性的快感を感じていたが、恥ずかしさが先に立ってそんなことは言えなかった。

「んぁ、あ、わ、わかりません……」

「でも、嫌ではない？」

クラウディオはチェチーリアの薄い耳朶《じだ》を甘噛みしながら、きゅうっと凝《しこ》った乳首を摘み上げた。

「ひぃんっ……」

痛みより強い快感に襲われ、びくんと腰が浮いた。

クラウディオがそろそろと寝巻きの裾を捲り上げ、チェチーリアの足の甲から膝、太腿へとゆっくりと撫で上げてきた。ざわざわと鳥肌が立つような感覚が背筋を駆け抜ける。

内腿の柔らかな箇所を撫で回されると、自分の恥ずかしい箇所がきゅんと締まる。どうしてそんなところがせつなく疼くのか、無垢なチェチーリアは見当もつかない。

「これは嫌ではない？」

「は、はい……」

「もっと奥に触れても？」

下穿《ば》きを着けていないそこは、無防備だ。秘所を人前に晒《さら》すのも、触れられるのも生まれて初めての経験だ。だが、焦らすように鼠蹊《そけい》部をそろりと撫で回されると、媚肉がひくひく収縮して、さらなる刺激を渇望する。

「そんなところ、恥ずかしい……」

「嫌ではない？」

心臓がドキドキ早鐘を打つ。

恥ずかしくて堪らないのに、もっと触れてほしいという欲求に逆らえない。

「す、少しなら……」

消え入りそうな声で答えると、耳元でふっと笑われたような気がした。

「少しだけだ」

つつーっとクラウディオの指先が薄い恥毛を撫でた。擽ったいような心地よいような甘い刺激に、背中が仰け反る。

クラウディオの指先が、閉じ合わさった花弁に触れてきた。

「あっ……」

チェチーリアはびくりと身を竦ませた。

クラウディオは指の腹で、そろそろと割れ目を撫で上げ、撫で下ろす。初めは擽ったさと気恥ずかしさが先に立っていたが、次第に疼くような甘い痺れが増幅してきて頭が混乱してくる。

「んっ、あ、や、だめ……そんなところ、触っちゃ……」

「嫌かい？」

クラウディオは右手で陰唇を撫でながら、左手でチェチーリアの乳首をいじり続ける。

彼の指が次第に滑らかに動くようになって、そこになにか溢れているのを感じた。

はっきりと心地よいと感じる。だが、淫らな感覚に意識が支配されてしまうのは、まだ怖かった。

「だって、へ、変な気持ちに……い、いやらしい気持ちになって……」

「でも、濡《ぬ》れている」

「ぬ、濡れ……？」

「あなたが私の手で気持ちよくなっているという証拠だよ」

ふいにクラウディオの指先が、花弁をくちゅりと暴いた。

「はぁっ」

疼く箇所に触れられて、腰が震えた。

「ほら、ここがもうとろとろだ」

クラウディオの指が綻んだ蜜口を軽く掻き回すと、くちゅくちゅと粘つく音が立った。

「あ、はぁ、あ、だ、め……ぇ」

触れられた箇所から淫らな快感が湧き上がり、悩ましい鼻声が止められない。自分の身体の奥から、とろりと新たな甘露が溢れてくる。

「これは、気持ちいい？」

耳孔に熱い息を吹き込まれると、ぞくぞくした快感が全身に拡がっていく。もう、拒めないと思った。

「んんぅ、ん、は、い……」

小声で答える。

「では、これは？」

クラウディオは指先で溢れる淫蜜を掬い取ると、割れ目の上辺に佇む小さな突起に塗り込めるように優しく触れてきた。刹那、雷に打たれたような凄まじい衝撃が一瞬で全身を駆け巡った。

「ひぅっ、あ、ぁぁあっ？」

チェチーリアは目を見開き、大きく腰を浮かせた。

「感じるんだね？」

クラウディオは濡れた指で、小さな蕾《つぼみ》をゆるゆると擦った。甘い痺れが次から次へと襲ってきて、腰から下がトーストの上のバターみたいに溶けてしまうかと思った。

「あ、あ、あ、そこ、あ、だめぇっ」

濃密な快感に耐え切れず、チェチーリアは身を捩ってクラウディオの愛撫から逃れようとした。だが、充血し切った秘玉を撫で回される愉悦はあまりにも苛烈で、子宮までもきゅうっと痺れさせる。やめてほしいと思うのに、腰はもっとしてほしいとばかりに猥りがましく前につき出てうごめいてしまう。

「だめか？　もっとしてほしいか？」

クラウディオは聞いたこともないような淫靡《いんび》な声でささやき、指の動きを加速させる。

「はぁ、は、あ、あぁ、あ、あぁん」

はしたない喘ぎ声が止められず、両足から力が抜けて、だらしなく開いてしまう。隘路《あいろ》からどんどん愛蜜が溢れ、クラウディオの手をはしたなく濡らす。

「これは、感じる？」

クラウディオが指の動きを変化させる。

充血し切った花芽に指を押し当て、小刻みに揺さぶってきた。官能の源泉を直に刺激されるような強烈な快感に、意識が朦朧《もうろう》としてくる。

「あぁあ、あ、だめぇ、それ以上、しちゃ……あ、っぁあ、あぁ」

「嫌かい？　続ける？　終わりにする？」

クラウディオが耳の後ろを硬い鼻梁で撫で回してきて、そのひんやりとした感触にも感じ入ってしまう。

「いや……もう、おかしく、なるからぁ……」

チェチーリアはいやいやと首を振る。これ以上刺激されると、理性が崩壊しそうな予感がした。

「おかしくなっていい、チェチーリア、おかしくなってごらん」

クラウディオが指の動きをさらに速め、チェチーリアを追い詰めていく。濡れそぼった膣襞《ちつひだ》がきゅうきゅう狭まり、つーんと甘く痺れてくる。自分の身の内から、こんな猥りがましい快感が生み出されるなんて知らなかった。

眦《まなじり》から生理的な涙が零れてくる。

「あ、あぁあ、あ、なにか……あ、なにか、くる……っ」

下肢から熱い大きな波のようなものが迫り上がって、チェチーリアの意識を追い詰める。

「達《い》きそうなんだね、達っていい」

クラウディオが耳殻に沿ってねろりと舌を這わせ、さらに指を動かした。

「あ、あ、いやぁ、あっぁ、あぁぁぁぁあっ」

目の前がちかちかし、四肢がぴんと強張った。

頭が真っ白に染まり、腰がびくびくと痙攣《けいれん》する。

「あーーー……っ」

刹那、なにもかもわからなくなって、チェチーリアは果てた。

全身を未知の快楽が犯し尽くした。

「……はぁっ、は、はぁ……ぁ」

気がつくと、ぐったりと身をクラウディオの腕に預け、甘く啜り泣いていた。

クラウディオは秘所からゆっくりと指を抜き、チェチーリアの目の前にかざして見せた。

「ほら、これはあなたが気持ちよかったという印だ」

粘つく愛液が、彼の指の間に銀色の糸を引いている。こんなはしたない体液が自分から溢れていたなんて、信じられない。

「い、いやぁ、恥ずかしい……私、おかしくなって……こんな……」

顔を真っ赤にして、目を逸らす。

「初めて、私の手で達したね」

クラウディオが火照ったチェチーリアの頬に口づけする。

「達し……？」

「気持ちよすぎて、どうにかなってしまったろう？」

「……はい」

「チェチーリア、睦み合うということは、痛かったり怖かったりするものではないんだ。お互いに、とても気持ちよくなることを分かち合うんだ」

「わ、かちあう……」

「そうなれば、いいと思っている」

チェチーリアはクラウディオの顔を見つめた。彼はまっすぐに見返してくる。その青い瞳は熱をはらんでいたが、クラウディオはなにかに耐えるような表情を崩さない。

クラウディオは嘘をつかない。きっとチェチーリアがこれ以上は嫌だと言えば、無理強いするつもりはないのだ。

この人と結ばれたい。

そうはっきりと思った。少しくらい苦しくてもかまわない。

「あ、あの……も、もう少し、続けたいです」

おずおずと切り出すと、クラウディオが目を細めた。

「では、指をもう少し奥まで挿入《い》れてみてもいいか？」

「は、はい」

クラウディオはチェチーリアを抱きしめると、ゆっくりと股間に右手を潜り込ませた。

濡れ果てて綻んだ花弁を撫で、蜜口の浅瀬を二本の指で掻き回す。疼いている箇所をいじられると、再びじわじわと快感が迫り上がってくる。

「ん、んん……」

「これは感じる？」

「はい……」

蜜口を突ついていた指が、ぬるりと媚肉の狭間に押し込まれた。

「んぁっ……」

隘路を押し広げるように、揃えた二本の指がぬくりと奥へ侵入してくる。

「あ、ぁ……指……」

胎内に異物が挿入される感覚に、少し身が竦む。

「やはり狭いな。痛いか？」

「い、いいえ」

違和感はあるが、一度果てたせいか内壁は柔らかく緩んでいて、存外すんなりと男の指を受け入れていた。

「少しでも慣らしておこう」

クラウディオがゆっくりと指を抜き差しする。同時に、親指でひりつく陰核を撫でてきた。

「ひ、あ、あ、ぁあ……」

新たな愛蜜がじゅんと滲《にじ》み出て、指の挿入に合わせてくちゅくちゅと猥りがましい水音が立った。指の動きが滑らかになると、クラウディオがぐにぐにと内壁を探るような動きになった。違和感は薄れ、媚肉はなにかで埋めてほしくてきゅうきゅうと窄《すぼ》まりを繰り返す。

「ここは痛いか？」

「いいえ」

「ここは、どうだ？」

クラウディオの指が恥骨の裏側あたりのぷっくり膨れた天井あたりをまさぐると、せつなくて濃密な感覚が押し寄せてきた。チェチーリアはびくりと腰を浮かした。

「あ、あ、そこ……っ」

「ここが、悦いか？」

クラウディオは指を曲げるようにして、見つけたチェチーリアの感じやすい箇所をぐぐっと押し上げる。

「あ、あ、あぁ、あ、あ」

甘苦しい愉悦が迫り上がってくる。それは、秘玉を刺激された時に与えられた瞬間的な鋭い喜悦とは違い、じわじわと快楽が重ねがけされて増幅するような感覚だった。

「や、だめ、そこ、あ、だめ、なにこれ……っ」

魂が抜け出てしまうような媚悦の浮遊感に、チェチーリアは身じろぐ。

「ここか、チェチーリア、もっとか？」

クラウディオがさらにぐぐっと指を突き入れた。

「あぁ、あ、あ、いやぁ、あ、やだぁ、また……っ」

爪先に力がこもり、再び快楽の限界に達してしまう。

「いやぁあぁあっ……」

びくんびくんと腰が跳ね、意識が飛んだ。隘路の奥から大量のさらさらした飛沫《しぶき》がじゅくりと溢れ出た。

「は、はぁ、はぁあ……ぁ……」

心臓がバクバクする。

恐ろしいくらい気持ちよかったはずなのに、濡れ襞はまだ物足りないというようにクラウディオの指を断続的に締めつけては、さらに奥に引き込もうとする。

「すごく締めてくるね――まだ足りないかい？」

クラウディオは内壁に指を埋めたまま、軽く揺さぶった。

「ひゃ……うっ」

再び快感が増幅しそうで、チェチーリアはびくりと身を竦ませる。そして、何度も性的快楽を味わった処女腔は、最後の仕上げを希求した。

「ぁ、あ、伯爵様……ぁ」

チェチーリアは濡れた目でクラウディオを見遣った。

「どうか……ひとつに……」

クラウディオが目を見開く。

「私と結ばれたいと?」

チェチーリアはコクリとうなずいた。身も心もクラウディオを欲している。

「私の中へ来て……」

「チェチーリア――ベッドへ行こう」

クラウディオがチェチーリアを横抱きにし、ベッドに向かった。はだけたガウンがはらりと床に落ちた。チェチーリアは目を伏せ両手をそっとクラウディオの首に巻きつける。

クラウディオはシーツの上にゆっくりとチェチーリアを仰向けに押し倒した。

彼はそのまま素早く着ているものを剝ぎ取った。

筋骨隆々の引き締まった男の肉体にチェチーリアは目を奪われる。

歴戦の軍人らしく、彫像のように見事な裸体のあちこちに、数々の傷跡が残っている。

だがそれすら、美しい紋様のようにクラウディオを引き立てていた。

だが、彼の下腹部にそそり勃つ欲望の漲《みなぎ》りを目にした途端、思わずぎゅっと目を閉じてしまった。それは、チェチーリアが想像していた以上に禍々《まがまが》しく荒ぶる造形をしていたのだ。チェチーリアの怯えを感じ取ったのか、

「嫌か？」

クラウディオが掠れた声で聞いてきた。

チェチーリアは首を振る。

「いいえ……ちょっと怖いけれど、でも、少しも嫌じゃないです」

「チェチーリア」

クラウディオがゆっくりと覆い被さってきた。

首筋や火照った頬に口づけされる。チェチーリアは思わず彼の肩に縋りついた。

「チェチーリア、これが私だ」

濡れに濡れた花弁に、みっしりと熱い肉塊が押しつけられた。太い先端が、ぬるぬると蜜口の浅瀬を行き来した。

「あ、ぁ、熱い……」

「挿入れるぞ」

クラウディオが腰を沈めてくる。ぐぐっと灼熱《しゃくねつ》の肉棒が媚肉を掻き分けようとする。

「んぁ、あ、あ、お、大きい……っ」

隘路を目いっぱい押し広げて、いきり勃った剛直が侵入してきた。それは指などとは比

べ物にならないくらいの重量感に満ちていた。引き攣るような感覚に顔を顰める。

クラウディオがわずかに動きを止めた。

「痛いか?」

「い、え、痛くは……」

「もう少し挿入れるぞ」

じりじりと肉楔が奥へ突き進んでくる。

「ああ、あ、あ──」

何度も官能に慣らされた処女腟は、軋《きし》みながらも肉茎を受け入れていく。熱く太い肉棒で胎内が満たされる。生まれて初めて男性の欲望を受け入れる衝撃に、チェチーリアは息を詰めて耐えた。

「ふ──きついな。そんなに力を入れては、押し出されてしまう。チェチーリア、力を抜け」

クラウディオが息を乱した。

「え、ぁ、あ、どうしたら……」

彼の意に添いたいが、自分の肉体をコントロールするすべを知らない。

「チェチーリア、キスを、舌を──」

クラウディオが唇を重ねてきた。

舌を痛いくらいに強く吸い上げられ、くちゅくちゅと深い口づけを仕掛けられる。頸《おとがい》のあたりがきゅーんと甘く痺れ、口づけの快楽に酔いしれる。

「んふぅ、ふは、ふぁあん」

夢中になってクラウディオの舌に応じていると、ふいに彼がぎゅっとチェチーリアの腰を抱き寄せ、同時に一気に貫いてきた。

「――っ」

熱い衝撃が最奥で弾け、チェチーリアは目を見開き声にならない悲鳴を上げた。

「ああ――全部挿入《はい》ったぞ、チェチーリア」

クラウディオが唇をわずかに離し、陶然とつぶやいて大きく息を吐いた。

「あなたの中、熱くてきつくて――とても悦い」

その心地よさそうな声色に、チェチーリアの苦痛も恐怖も消えていく。

「――伯爵様……」

とうとうほんとうの夫婦になった。

自分の胎内に熱く脈動する男の欲望を生々しく感じ、胸が甘く搔きむしられる。

「動くぞ」

クラウディオがゆっくりと腰を揺らした。亀頭の括れぎりぎりまで引き抜くと、再び最奥まで突き入れる動きを繰り返す。

「ひあっ、あ、あ」

媚肉が擦られる感触に、ぞくぞくと背中が震えた。クラウディオの抽挿《ちゅうそう》に合わせて、膣内全体がどんどん熱く燃え立つような感覚に襲われる。

先端がぐぐっと子宮口まで抉ってくる衝撃に、意識が飛びそうになり、チェチーリアはクラウディオの背中にしがみついた。

「あ、あぁあ、あ、伯爵様っ、あ、あぁ、あ」

「チェチーリア、名前を呼んでくれ」

クラウディオが息を荒らがせながら言う。

「ぁ、あ、クラウディオ、さま……」

「そうだ、チェチーリア、ああ、悦い、すごく悦いぞ」

クラウディオの律動が次第に速まってくる。それにつれ、燃え上がるような感覚が心地よさに変化していく。

「はぁ、あ、あぁん、クラウディオ様ぁ」

彼の太茎の根元が鋭敏な秘玉を擦り上げ、太い血管が幾つも浮いた肉胴が熟れた蜜壺を貫くたび、はっきりとした快楽が胎内を駆け巡った。

突き上げられるたびに、はしたない嬌声《きょうせい》が漏れてしまう。

「はぁ、あ、あ、あぁ、す、ごい……の」

激しい抜き差しのもたらす悦楽に魂まで吹き飛びそうで、無意識にクラウディオの背中に爪を食い込ませていた。せわしない呼吸を繰り返すたび、媚肉がきゅっと男の欲望を締めつける。それが自らも快感を生み出し、どうしようもなく感じてしまった。

「あぁあん、あぁ、ん、んんぁ、は、はぁあぁ」

「すごい締めつけだ——チェチーリア、感じているんだね？」

「はっぁ、クラウディオ様、こわい、すごくて……私、どこかに、行ってしまいそう……」

「どこにも行かせない、チェチーリア、あなたは私のものだ」

クラウディオはさらに強くチェチーリアの身体を抱き寄せると、ぴったりと密着したまま、がつがつと腰を穿《うが》ってきた。

子宮口まで突き破りそうな勢いに、目の前にちかちかと官能の火花が散る。

「ひあっぁあ、あ、すご……い、あ、だめぇ、あ、だめに……っ」

「だめになっていい、チェチーリア、一緒に達こう」

クラウディオは抽挿に合わせて揺れるチェチーリアの乳房に顔を埋め、痛いくらいに勃ち上がった赤い乳首を口に含んだ。びりっと痛痒いような刺激が下腹部に走り、男根に巻きついた濡れ襞がきゅうっと強く収斂《しゅうれん》した。

「ひゃぁあんっ」

「く――これはもたない」

クラウディオがくるおしげに呻《うめ》いた。彼は締めつける熟れ襞に逆らうように、力任せに腰を打ちつけてきた。

「はぁあ、あ、だめ、ぁ、も、もうっ……っ」

目の前が快楽一色に染まり、もう気持ちいいとしか考えられない。

「やぁあ、あ、あ、また、きちゃう、あ、も、あっぁあ、あ」

愉悦が決壊し、意識を攫《さら》いそうになる。チェチーリアは身を捩って思わず腰を引こうとしたが、クラウディオの逞《たくま》しい腕が逆に引き寄せ、最後の仕上げとばかりにがむしゃらに抽挿を繰り返した。

「私のチェチーリア――」

耳元で熱く甘くささやかれ、心臓が破裂しそうなほど高鳴り、チェチーリアは一気に絶頂に上り詰めた。

「だめぇええ……っ」

全身がびくびくと波打ち、硬直する。

ぎゅうっと搾り取るように胎内が脈動した。

「く――っ」

クラウディオがぶるりと大きく胴震いし、直後、どくどくと大量の欲望を放出した。

「あ、ぁ、あ……ぁ……」

熱い白濁の奔流が胎内にまんべんなく注ぎ込まれるのを感じながら、チェチーリアは意識を手放した。

チェチーリアは夢も見ずにぐっすりと眠った。

ふわりと目が覚める。

「ぁ」

目の前に眠りこけているクラウディオの端麗な顔があり、一気に血流が速まった。

二人とも生まれたままの姿だ。クラウディオの広い胸に抱かれて眠っていたのだ。

腰の筋肉痛や下腹部の違和感に、昨夜の情熱的な睦み合いが生々しく思い出され、ドキマギしてしまう。

クラウディオの寝顔は安らかで、普段の厳しい雰囲気がなく親しみやすい。睫毛《まつげ》が長いとか、右目の横に小さな黒子《ほくろ》があるとか、思いもかけない発見もあった。さらさらした黒髪が額に垂れかかり、撫でつけて上げたくなる。そろそろと手を伸ばそうとすると、いきなりぱちっとクラウディオが目を開き、きゃっと小さく声が出てしまった。

「寝顔をジロジロ見るな」

いつもの不機嫌そうな表情になり、ちょっとしゅんとしてしまう。

「失礼しました……つい……」

クラウディオはついっと背中を向けた。

「恥ずかしいだろう」

小声で言われ、「え？」となる。

彼の後ろ頭からのぞく耳朶がほんのり赤くなっている。

照れているというのか？　あの「黒狼伯爵」が？

「あの――」

「朝食を済ませたら、コルアの街に出よう」

背中を向けたままクラウディオが言う。

「コルアの街？」

「ルッキーニ地方で一番大きな街だ。馬橇でここから小一時間くらいだろう。あなたに――新しいコートを買おう」

「え、でもコートはもう――」

「あれは間に合わせだ。まだ冬は長い。あなたにぴったりのコートや防寒具が必要だ」

「でも、そんなにしていただいては――」

ふいにくるりとクラウディオが向き直った。

「行きたいのか？　行きたくないのか？」

真顔である。詰問調だが、怒っているわけでなくて少し気が短いだけなのだと、今はわかる。新しく自分が生きていく世界のことをもっと知りたい。

「い、行きたいです」

「よし。では、私は先に準備の指示を出してくる。迎えをよこすから、あなたは自室で朝食をとりなさい」

クラウディオがさっと起き上がり、全裸のまますたすたと寝室を横切っていく。

僧帽筋が盛り上がる広い背中、引き締まった臀部《でんぶ》、すらりと長い足——チェチーリアは、クラウディオがガウンを羽織って部屋を出ていくまで、こっそりと見惚れていた。

その後お湯の入った壺と清拭用の布、真新しい部屋着とガウンを携えた乳母が訪れた。

初夜を果たしたばかりのチェチーリアを労るように、乳母は無言で身体を清めてくれた。

白い肌のあちこちに、クラウディオの付けた赤い痕が残っていて、ひどく気恥ずかしい。

着替えを終えると乳母が小声で言う。

「無事、終えられたようでおめでとうございます」

チェチーリアは顔が真っ赤になるのを感じた。だが、気恥ずかしさより清々しい充足感の方が勝っていた。

「ばあや——私、クラウディオ様とやっていけそうな気がするわ」

「ああ、姫君――奥様、ほんとうにようございました」

チェチーリアの満たされた表情を見て、乳母が目に涙を浮かべた。

朝食を済ませると、部屋に昨日着た厚手のドレスやコートがすっかり乾かされて届けられた。それを着込み、マルロの迎えで玄関ロビーまで下りていった。

クラウディオの姿はない。

「あの、クラウディオ――伯爵様は？」

マルロがにこやかに答えた。

「お外でお待ちです。今日も快晴で、降雪はございませんゆえ、無蓋の馬橇を用意しました。景色が楽しめますよ」

玄関に出ると、階段の下に頑丈そうな輓馬が繋がれた橇が待っていた。フェデリーゴが、自分が乗るらしい馬の手綱を握っている。その横に、外套と毛皮の帽子を身につけ、手に鞭《むち》を持ったクラウディオが立っていた。

フェデリーゴがにこりとして一礼した。

「おはようございます、奥様。今日も一段とお美しい。なんというか、艶が――」

「来たか」

クラウディオはフェデリーゴを遮り、チェチーリアに近づくと、自分の首に巻いていた長い襟巻きを外して、目だけ出して顔全体を覆うようにぐるぐると巻きつけた。

「橇が走ると、冷たい風で顔に霜焼けができてしまう。きちんと巻いておきなさい」

「ふぁい」

もごもごと答える。襟巻きからクラウディオの体温と身に纏《まと》う濃厚なオーデコロンの残り香がして、なんだかほっこりしてしまう。

「馬橇なら俺が走らせるのに。なにも伯爵自ら手綱を取らなくてもいいだろう？」

フェデリーゴが不満そうに言う。クラウディオはじろりと彼を睨んだ。

「おまえは護衛役で、後からついてくればいいんだ」

「はいはい。俺はお邪魔虫ね」

フェデリーゴはおどけたように肩を竦め、自分の馬に跨《また》がり橇の後ろについた。

クラウディオはチェチーリアに手を貸して、馬橇の前の席に乗せた。自分はその隣に腰を下ろし、橇の手綱を握る。彼の席の横には、小さな花束が置いてあった。チェチーリアは見知らぬ白い可憐《かれん》な花だ。

「クラウディオ様が橇を操られるのですか？」

「安心しろ。私はルッキーニ地方一番の馬の使い手だ」

彼は軽く手綱を振って馬に声をかけた。

「はっ」

馬が走り出した。

「わあ」

無蓋の橇は走り出すと冷たい風が頬を強く打つ。クラウディオの言う通り、顔を覆う必要があったのだ。だが、眺めは絶景であった。

クラウディオは雪に埋もれた針葉樹の間を、巧みに馬を操る。

「ルッキーニ地方は十一月から四月初旬まで雪に覆われる。一年のほぼ半分が極寒だ。生活するには厳しい土地かもしれない」

前を向いたまま、クラウディオがぽつぽつと話をした。

「確かに――王都の冬は温暖で、雪が降ることなどめったにありませんでした」

「そうだな。あなたにはここでの生活は辛いかもしれない」

「そんなこと――」

「だが、春が来るとこの地方は、植物も動物も人間も、いっせいに目覚める。白一色だった世界が、生まれ変わったように彩られる。それは美しい」

「ああ、見てみたいです」

「見せてあげよう。春には盛大な結婚式だ」

「はい」

タラウディオは顔に当たる風を避けるためか、目を細めた。

「私は、この過酷な地方が好きだ。ひりひりと生きている実感がある」

「生きている……」

これまで、そんな実感を持ったことなどチェチーリアにあったろうか。

閉じこもり、自分を卑下し、ただ息を潜めて生きてきた。

厄介払いのように北の辺境な土地に嫁がされた。相手は野蛮で冷徹という噂の「黒狼伯爵」。正直、なんの期待もなかった。

だが――今は違う。

クラウディオの朴訥で誠実な態度や言葉に触れていると、生きるという意味がまったく違って見えてくる気がした。

「私……この土地が好きになりました」

襟巻きの内側で小声で答えると、クラウディオがちらりとこちらに目をやった。

「なんだって？」

風音で聞こえなかったらしい。少し声を張った。

「好きになりました」

「え？」

クラウディオが目を瞠る。

「この土地が……」

「――そうか」

急にクラウディオが無口になった。彼は尾根近くの一角に、ゆっくりと馬を止めた。

「あなたは座って待っていなさい。ちょっと時間をくれ」

彼は橇を降りると、自分の席の横に置いてあった花束を手にした。

「どこへ？」

「すぐに戻る」

彼はそのまま慣れた足取りで尾根の先に歩いていく。

橇に馬を横付けしたフェデリーゴが声をかけてきた。

「今日は命日なんですよ」

「命日？」

「ええ、昔、あの先の渓谷で遭難死した人がいましてね。伯爵はたまたま、事故現場に居合わせて――それ以来、伯爵はその人のために花を捧《ささ》げてるんです」

「そうなの。伯爵様は律儀な方なのね」

フェデリーゴはちらりと意味ありげな目でこちらを見遣った。

「まあ、そうかもしれません」

クラウディオは尾根の先で祈りを捧げるようにしばらく佇んでいたが、やがて戻ってきた。

フェデリーゴは素早く後ろに下がった。

「奥様、この話はここだけにしてください。また俺が余計なことを言ったと、雷を落とされますから」

「わかったわ」

クラウディオは身軽に御者席に腰を下ろした。

「待たせたね。行こうか」

「はい」

橇が走り出す。チェチーリアはそっとクラウディオの横顔を見遣った。

亡くなった人は、伯爵の親しい人だったのかもしれない。どのような人か聞きたい気持ちもあったが、クラウディオは詮索されることは好まないだろう。なんとなく、そんな気がした。

やがて、純白の道の向こうに、聳え立つ街並みが見えてきた。

「着いたぞ、コルアの街だ」

クラウディオは馬を並足にさせ、街中に入っていく。

街の通りに入ると、チェチーリアは王都に負けないくらいの賑わいに目を奪われた。

石造りの頑丈そうな建物が、きちんと区分けされた通りにずらりと建ち並び、綺麗に雪掻きされた石畳の道をさまざまな人々が行き交っている。

通りに並ぶ店舗は、食料品、衣服、日用品、工具、農具、料理店など多岐にわたっていた。どの店も、大勢の買い物客で賑わっている。雪さえなければ、首都の街の一角と言っても過言ではないほどだ。

　チェチーリアは目を輝かせ、街の風景に見入った。

「――すごく活気がありますね」

「都会に負けぬほど発展しているだろう？　これでも私が子どもの頃は、なにもない田舎町だったのだ。不衛生で、疫病も蔓延《まんえん》していた」

「信じられません」

「私がこの地区を治めるようになってからは、どんどん改革を行なってきた」

「改革――」

「下水を通し、道を舗装し、街灯を作り、病院を建て、産業を発展させるべく、地域の特産物の収穫高を上げることに努めた。ここは雪ばかりでなにもない土地だと思うだろう？」

「ええ――」

「ところが近年、凍土の下には石炭や石油など資源が豊富に埋まっていることがわかった。それらを有効活用すれば、この地域はもっと栄える。豪雪に阻まれるなど、まだ課題は山積みだが、将来は王都に負けないくらい発展させたいと思っている。地方の活性化は、ひいてはこの国を栄えさすことになるんだ」

「そうなのですね」

チェチーリアはこれまでになく饒舌《じょうぜつ》になったクラウディオの顔を見上げた。彼は誇らしげで目が輝いている。

彼はこの土地や住む人々をそして国を、心から愛しているのだと感じた。

その熱い気持ちはチェチーリアの心の深いところに響くものがあった。

この人とルッキーニの行き先を見たい、と強く思う。

クラウディオは一軒の洋品店の前に橇を停めた。彼は先に降りてチェチーリアに手を差し出す。

「入ろう」

「はい」

店内は男性用女性用、さまざまな衣服を纏ったマネキンがずらりと並んでいた。首からメジャーを下げた店主らしき太り肉《じし》の男性がうやうやしく迎える。

「ようこそ伯爵様、レディ同伴とはお珍しい」

「店主、彼女は私の妻のチェチーリアだ」

「初めまして、チェチーリアと申します」

チェチーリアは優雅に一礼した。

「おお、なんと——！」

店主は店の奥に声をかけた。

「みんな、伯爵様がご結婚なさったぞ！　お祝い申し上げろ」

わらわらと店員やお針子たちが飛び出してきた。勢揃いした彼らは、口々に祝福の言葉をかけてくる。

「おめでとうございます！　伯爵様」「なんとお美しい奥様でしょう」「こんなおめでたいことはありません」「おめでとうございます！」

「う――む」

クラウディオは少し照れくさそうだ。

「今日は、妻に新しいコートや冬のドレスを調達したくて来たのだ」

「お任せください！　美しい奥様にお似合いのドレスをお探ししましょう」

店主は目を輝かせる。

クラウディオは軽く咳払いをし、続けた。

「それと、春に結婚式を挙げる予定だ。ウェディングドレスの仕立ても頼みたい」

「なんという光栄なことを！　当店の一流のお針子たちで、最高のウェディングドレスを仕立ててご覧にいれます」

店主は飛び上がって喜ぶ。

「あ、あの……伯爵様、私はそんなたいそうなことは――」

チェチーリアが遠慮がちに言うと、クラウディオは少し強い口調になる。

「ルッキーニの伝説になる結婚式にする。いいな?」

「は——い」

勢いに呑まれ、返事をしてしまった。

「では奥様、奥で採寸をいたしましょう。こちらへどうぞ——伯爵様はそこのソファで、ウェディングドレスのカタログでも見ながらお待ちください」

店主に促され、チェチーリアは店の奥の小部屋に案内された。

女性のお針子たちが何人も現れ、シュミーズ一枚にされてチェチーリアの採寸を始める。

「まあ、なんてウエストがほっそりとしておられるのでしょう」「お顔が小さくて、どんなドレスでも見栄えがしますね」「手足もすんなり長くてなんてバランスがよろしいのでしょう」

伯爵の妻ということでお世辞を言われているとしても口々に褒められて、こそばゆい。

「いえ、私なんかそれほどでは——」

すると、年長の店員が鼻息荒く言い返した。

「なにをおっしゃられますか。私ども、長年この店で働いてきましたが、奥様ほどお美しい方は初めてでございます。さすが伯爵様、お目が高い。奥様に出会うために、ずっと独身をつらぬいてこられたのですわ。きっと大恋愛なのですね」

お針子たちも大きくうなずく。

「――」

そんなロマンチックなものではない。自分は褒賞代わりにクラウディオに嫁いだのだ。

だが、心からクラウディオの結婚を喜んでいる彼らに、水を差したくはなかった。

採寸が終わり着替えると、年長の店員が椅子に座らせてくれた。彼女はドレスのカタログを広げてみせた。

「奥様、どのデザインがよろしいでしょう。どのようなご要望も叶えますわ」

「そ、そうね」

カタログには、乙女なら誰でも目を奪われてしまいそうな、華やかで美しいウェディングドレスのデザイン画がたくさん載っていた。チェチーリアも少しウキウキしてくる。

「ええと……どれも素敵だわ」

ひとつひとつ丁重に見比べ、ふわりと広がったスカートに可愛い白い花が一面に刺繍《ししゅう》された清楚なデザインを指差す。

「これが、一番好きだわ」

「お目が高い！　このお花は、スノードロップといって雪国に咲く名花ですわ」

「スノードロップ」

ふと、クラウディオが尾根で捧げていた花束がこの花だったことを思い出した。

「スノードロップの花言葉は『希望』です。これから人生を共にするお二人にぴったりですね」

と、そこへ一人のお針子が同じカタログを手にして入ってきた。

「伯爵様がお選びになったデザインをお持ちしました。こちらが気に入られたそうです」

彼女はカタログを開く。とたんに、その場にいた者たちから黄色い悲鳴が上がった。

「きゃあああ、素敵」「なんて感動的なのでしょう」「お似合いのお二人！」

クラウディオは、チェチーリアが選んだのと同じドレスを選んだのだ。

チェチーリアは嬉しくて恥ずかしくて、耳朶まで赤くなるのを感じた。

奥から出ていくと、クラウディオはソファに足を組んで待ち受けていた。

「お、お待たせしました」

クラウディオの顔を見るのが気恥ずかしくて、目を伏せてしまう。

「気に入ったウェディングドレスがあったか？」

「は、はい」

「おや、顔が赤いな。大丈夫か？」

「な、なんでもありません」

背後で店員やお針子たちがニマニマしているのがありありとわかった。

その後、クラウディオにうながされ、店内で何着もドレスやコートを注文した。最後に店を後にする時、店の者たち全員が揃って見送る。店主がうやうやしく挨拶をした。

「一同誠心誠意、最高のウェディングドレスを仕立てさせていただきます」

「よろしく頼む。いくらかかってもかまわないからな」

クラウディオの言葉に、店主は首を横に振った。

「とんでもない、お代はいりません。ウェディングドレスは我々一同からの結婚祝いにさせてください。これまでずっと、伯爵様は身の危険を顧みず国境を守り、この地の発展に力を尽くされたのです。これからは、美しい奥様とお幸せになられてください」

クラウディオは感に堪えないように、一瞬ぐっと声を呑み込んだ。

「皆の誠意、ありがたく受け取ろう」

二人揃って店を出ると、道路脇に停めた橇の側で番をしていたフェデリーゴが、からかい気味に声をかけてきた。

「おかえり。おや、伯爵殿お顔が赤いですな」

その言葉にチェチーリアはパッとクラウディオを見上げた。わずかに彼の目元が赤い気がした。クラウディオが顔をついっと横に向け、不機嫌そうに答える。

「からかうな。店内が少し暑かっただけだ。チェチーリア、少し歩こうか」

「はい」

歩道を二人でそぞろ歩く。

通りすがる人々は、誰もが気さくに挨拶してくる。

「こんにちは、伯爵様」「伯爵様、ご機嫌よう」「伯爵様、こんにちは」

クラウディオはうなずいて応える。

チェチーリアは、クラウディオが土地の人々に心から慕われているのだとしみじみと感じた。一見無愛想でとっつきにくそうなクラウディオだが、これまでの彼の生き様が人々に深い感銘を与えているのだ。

街の中央の広場に出た。

厚着をした子どもたちが大勢で、雪玉を転がしている。彼らはクラウディオを見つけると、手を振ってきた。

「伯爵様、こんにちはー」

クラウディオは軽く手を上げる。

「雪玉を作っているのか？」

「うん、みんなでこの広場で一番大きな雪だるまを作っているんだよ」

子どもたち全員、寒さでほっぺたも鼻の頭も真っ赤で可愛い。チェチーリアはクラウディオにたずねる。

「雪だるまって、なんですか？」

「知らないのか。雪玉を重ねて人間の形を作る子どもの遊びだ」

雪遊びをしたことがないチェチーリアは、ワクワクする。

「まあ、楽しそう――あの……私も作っていいですか？」

クラウディオは目を丸くしたが、鷹揚《おうよう》にうなずく。

「いいのではないか」

「じゃあ――」

チェチーリアは広場の端に雪掻きで寄せられている雪の山に近づいた。

子どもたちのやっている様子を見よう見まねし、小さい雪玉を作ると積もっている雪の上で転がしてみた。だんだん雪玉が大きくなる。子どもたちが好奇心たっぷりに集まってきた。てんでにアドバイスしてくれる。

「奥様、こうやるともっと大きくなるよ」

「え、こ、こう？」

「下手くそだなあ、奥様、こうだよ」

子どもたちが転がすのを手伝い始めた。雪玉はどんどん大きくなる。重くて転がすのも一苦労になってきた。

「よいしょよいしょ、奥様、がんばれ」

子どもたちが励ます。チェチーリアも顔を真っ赤にして雪玉を転がした。

「よいしょ、すごく大きくなったわ」

「よいしょ、奥様、がんばるね」

子どもたちがニコニコする。なんだか童心に戻って、やたらと楽しくなってきた。思えば、幼い頃からこんなふうに誰かと遊んだ経験はなかった。王城では、チェチーリアはいつも孤独だったのだ。

クラウディオは腕組みをして広場の凍った噴水の端に腰をかけ、チェチーリアと子どもたちを見守っている。その脇でフェデリーゴは呆れ顔だ。

「伯爵殿、この後はおしゃれなカフェに行く予定だったじゃないか、いいのかい？」

クラウディオはぶすっと答える。

「チェチーリアがしたいと言うのだ、しかたあるまい」

「無邪気で可愛い奥様だねえ。それにしても、子どもたちとすぐ仲良くなれるのは、彼女の人徳だね。奥様には人の心をとらえる魅力があるね」

フェデリーゴは感心したように言う。

「おまえ、そのようにチェチーリアをぬけぬけと褒めるのはやめろ」

クラウディオは少し怖い声を出した。

「え、どうしてさ？　ほんとうのことじゃないか」

クラウディオはむすっと答える。

「私はおまえほど口がうまくない」

フェデリーゴが面白そうな表情になった。

「え？　もしかして、俺が奥様を褒めることに妬いていたのかい？　ああ、それで、俺が昨日玄関で『雪の精みたいだ』って称賛した時、殺したそうな目つきで睨んできたのか」

「チェチーリアが嬉しそうにするのが、気に食わん」

クラウディオは不快そうに答えた。

フェデリーゴは今にも噴き出しそうな顔をする。

「安心しろよ、あのお方は、お世辞に浮かれるような軽薄な人ではないだろう？」

「それは——そうだ」

クラウディオは納得し、チェチーリアに目をやる。楽しげに子どもたちと交流している彼女の、頬も鼻も耳朶もピンク色に染まり、雪の結晶が長いまつ毛の上でキラキラと光っている。

クラウディオは眩しそうに目を細めた。


皆で頑張って雪玉を三つ重ね、とびきり大きな雪だるまになった。

子どもたちがバケツに入れた石ころや板きれや人参をチェチーリアに差し出す。

「奥様、これで目玉や鼻をつけるんだよ」

「まあ、ありがとう」

チェチーリアは石ころで目、人参で鼻、板きれで眉や口、木の枝で手を作った。少しぶかっこうだが愛嬌のある雪だるまが出来上がった。

「完成したわ」

チェチーリアは額の汗を拭った。力を出したせいか、身体中がぽかぽかしている。子どもたちがはしゃいで言う。

「この顔、伯爵様に似ているね」「うん、似ている」「ね？」

「そ、そう？」

無意識にクラウディオに似せてしまったのか。チェチーリアは顔を赤らめた。

「私に似ているのか？」

ふいに背後にぬっとクラウディオが立った。

「きゃっ」

びっくりして、声が出た。

クラウディオがむすっと雪だるまを見下ろしている。チェチーリアは気分を害したかとオロオロしてしまう。しかし、子どもたちは意に介さない。

「ちょっと口がへの字なところ、そっくりだよ、伯爵様」「眉が太いのも、似ているよ」

「お鼻が高いところもそっくりだ」

キャッキャとてんでに言いたいことを言っている。

「あはは、確かにそっくりだ。こんな不機嫌そうな雪だるまは初めて見た」

いつの間にか側に来ていたフェデリーゴが、腹を抱えて笑う。

チェチーリアはますます狼狽えた。

「伯爵様、あの――」

「ふ――っ」

クラウディオが肩を震わせた。

「くくく、確かにこんな怖い顔の雪だるまは見たことがないな」

「え？」

チェチーリアはぽかんとした。

クラウディオが笑っている？

初めて彼が笑う顔を見た。

目尻にくしゃっと笑い皺《じわ》が寄り、とても親しみやすい顔になる。

チェチーリアは胸の奥がきゅんと甘く疼いた。

フェデリーゴが唖然《あぜん》とし、顔色を変えた。

「伯爵殿が、笑った？　やばい、明日は大雪かもしれない」

「黙れ、兵長。その先の喫茶店で、私たちに熱い飲み物でも買ってこい」

クラウディオはフェデリーゴをじろりと睨んで、凄みのある声を出した。だが、その目元にはまだ笑いの名残があった。

「人使いが荒いなあ」

フェデリーゴが踵を返そうとするのを、チェチーリアは急いで声をかけた。

「兵長さん、あの、ここにいる子どもたちの分もお願いします」

子どもたちがわあっと歓声を上げた。

「雪だるまを手伝ってくれたお礼よ」

チェチーリアはニコニコする。

「承知」

フェデリーゴがぴしっと敬礼し、走り去った。

「――あなたは、人の心を摑む才があるな。やはり、王家の血筋のせいだろうか、よく似ている」

クラウディオが独り言のようにつぶやく。

「え？　似ている、誰と……？」

チェチーリアが聞き返したが、クラウディオはかすかに首を横に振ったきり答えなかった。

皆で、熱いジャム入り紅茶とフェデリーゴが気を利かして買ってきたジンジャークッキーをいただき、わいわいと子どもたちと談笑した。クラウディオは終始無口であったが、リラックスした表情でいつもの威圧感はない。

その後、日が暮れる前に帰宅することになった。

クラウディオの操る馬橇は、雪原をひた走る。

クラウディオにそっと寄り添いながら、チェチーリアはほっとため息をついた。

「今日はとても楽しかったです」

「――そうか」

クラウディオは手綱を操りながら答える。

「よかった」

言葉数は少ないが、前より口調に感情がこもっている気がした。

「素敵なウェディングドレスも選んだし、雪だるまも作ったし、子どもたちとおしゃべりできたし――」

なにより、クラウディオの笑顔を見られたことが一番嬉しかったが、それを口にすると彼が気分を害しそうなので黙っていた。

と、背後にいたフェデリーゴが橇に自分の馬を横付けにし、雪丘を指差して鋭く叫んだ。

「伯爵殿、西三十度方向に人影あり！　猟銃を担いでます。あの青い服装はバニーニョ国人です！」

クラウディオがさっと表情を険しくした。

「密猟者だな」

チェチーリアが指差された方に顔を向けると、木立の間に逃げ隠れする人影が見えた。

クラウディオは素早く片手を御者席の下に潜り込ませた。そこに猟銃が隠されてあった。

彼は手綱を御者席に括りつけると、揺れる橇の上ですくっと立ち上がった。そして有無を言わさぬ厳しい声を出した。

「チェチーリア、頭を抱えて座席にうずくまれ！」

「は、はいっ」

慌てて言われた通りにした。

かちりと撃鉄を起こす音がしたかと思うと、頭の上でダーンと大きな爆発音がした。

「きゃっ……」

銃声で耳奥がキーンと痺れた。

「どうどうっ」

クラウディオが馬に声をかけると、橇がゆっくり速度を落とした。

「兵長、橇とチェチーリアを頼む！」

クラウディオはそう言うや否や、ひらりと橇を飛び降りた。

彼が猟銃を摑んで発砲するまで、ほんの十数秒であった。機敏で無駄のない動きだ。

「はっ」

フェデリーゴが橇の前に馬で立ち塞がり、停止させた。彼が馬を下りて橇に駆け寄る。

「奥様、お怪我はありませんか？」

「私は大丈夫――」

フェデリーゴに答えながら、顔を上げた。雪原に転々とクラウディオの足跡が続いている。

すでにクラウディオは西の木立へ到達していた。驚くべき運動能力だ。

木立の間にうずくまっている密猟者の姿が見えた。

チェチーリアは恐怖に青ざめた。

「こ、殺して、しまったの？」

「いえ、威嚇射撃です。伯爵殿は無差別に人を殺したりしません」

フェデリーゴが冷静に答えた。彼の手にも猟銃が握られていた。

クラウディオが密猟者を引き立たせた。彼はなにか詰問しているようだ。

やがて、密猟者はよろよろしながら丘の向こうに姿を消した。

クラウディオが戻ってきた。

チェチーリアは思わず橇を降りようとして、フェデリーゴに阻まれた。

「いけません。積雪は奥様の腰まであります」

「でも……」

チェチーリアは居ても立ってもいられない気持ちだった。

クラウディオが慣れた足取りで戻ってきた。彼は怯えた表情のチェチーリアの肩にそっと触れた。クラウディオからは硝煙のにおいがした。

「驚かせたな、すまぬ。もう心配ない。密猟者は国境の向こうへ追いやったからな」

「あ、あの、密猟者は？　怪我を負ったの？」

声が震えた。

「いや、弾は頭上をかすめただけだ。どうやら、獲物を深追いして越境してしまったようだ。厳重説諭だけで解放した」

「ああ……よかった」

チェチーリアはほっと息を吐いた。

「子どもの誕生日で、ウサギのシチューを食べさせたかったという」

「伯爵殿、甘いですぞ。そんなの嘘かもしれません。密猟者は即逮捕されても文句は言えないのに」

フェデリーゴが口を尖らせた。

クラウディオがぼそりと答える。

「懐に、小さな家族の肖像画を持っていた。だから、家に帰らせた」

チェチーリアはクラウディオの秘められた優しさに胸がじんとした。彼にそっと手を差し伸べる。

「クラウディオ様、私たちも、帰りましょう」

クラウディオがうなずく。

「そうだな。皆が待っている」

二人の視線が合う。互いにこれまでにない感情がこめられているような気がした。

「了解。出発しますか」

フェデリーゴは背中の背嚢に猟銃を押し込むと、自分の馬に跨った。

「行こう」

クラウディオが御者席に乗り込んできたので、チェチーリアはゆっくりと腰を下ろした。

「はっ」

クラウディオの掛け声と共に、橇が動き出す。

チェチーリアはぎゅっとクラウディオの腕にしがみつき、ぴったりと身を寄せた。

感動で胸がいっぱいだった。

冷酷で残虐な「黒狼伯爵」――そんなものはただの風評だったのだ。

真実のクラウディオは、無骨で無口だが公正で思いやり深い人物だ。

だからこそ、この土地の人々にあんなに慕われているのだ。

この人のことをもっと知りたい。そして、自分のことももっと知ってほしい。

そういう気持ちが秒ごとに膨らんでいく。

「風が強くなってきたな」

クラウディオがそうつぶやき、外套の前ボタンを片手で器用に外し広げた。

「ここに入りなさい。風避けになる」

「はい」

チェチーリアは素直に、クラウディオの広げた外套の中にすっぽりとおさまった。

「ふふ、温かい」

一人でに笑みが零れる。

この人に守られている、とひしひしと感じた。

屋敷が見えてくると、帰宅が遅いと心配したのか、マルロが玄関階段の上で待ち受けていた。橇が玄関下に横付けされると、マルロが心からホッとしたように出迎えた。

「ああ、お帰りなさいませ、旦那様、奥様。ご無事でご帰宅、何よりです」

クラウディオは先に橇を降りてチェチーリアが降りるのに手を貸しながら、マルロに何気なく声をかける。

「すぐに晩餐《ばんさん》にしたいが、今夜のメニューはなにか?」

マルロが答える。

「はい、ウサギのシチューでございます。温まりますよ」

思わずクラウディオとチェチーリアは顔を見合わせた。

チェチーリアはにっこりする。

「とても楽しみだわ」


その晩、チェチーリアは寝室でクラウディオをそわそわと待ち焦がれていた。

今夜の寝巻きは自分で選んだ。上質のシルク生地で全身のラインがくっきり浮き出る、少し色っぽいデザインだ。誘うつもりはないが、クラウディオの目を惹《ひ》きつけたいという気持ちはあった。

廊下にクラウディオの気配がしゅっくりと扉が開くと、心臓が口から飛び出しそうなほどドキドキしてしまう。

寝室に踏み込んだクラウディオは最初にきょろきょろと部屋を見回し、ベッドの端に腰を下ろしているチェチーリアの姿を見出すと、少しホッとしたような顔をした。初夜の日に逃げ隠れてしまったせいだろう。

クラウディオはゆっくりとベッドに歩み寄り、チェチーリアの左隣に少し間隔を置いて腰を下ろした。隣に彼の体温を感じるだけで、チェチーリアは身体の芯がじわりと熱くなる。

「あの……今日はお出かけできて、ほんとうに楽しかったです」

膝に置いた手元に視線を落とし感謝の言葉を口にすると、クラウディオはしゃちこばった声で答える。

「それはよかった――」

彼は少し言い淀《よど》んでから、続けた。

「私も、たいへん楽しかった」

チェチーリアはパッと顔を振り向ける。

「ほんとうですか？」

「ああほんとうだ――久しぶりに声を出して笑った気がする」

皺を寄せてくしゃりと笑ったクラウディオの顔を思い出す。

「クラウディオ様の笑い顔、とても素敵でした。もっと見たいと、思いました」

「チェチーリア」

クラウディオは右手を伸ばして、チェチーリアを自分の方へ引き寄せた。チェチーリアは素直に彼の腕の中に抱かれた。クラウディオはチェチーリアの髪の毛に顔を埋め、低い声でささやく。

「その――あなたの笑顔も、私ももっと見たい」

クラウディオの不器用な台詞《せりふ》にトクンと胸が高鳴る。

「では、これからも二人でうんと楽しいことをしましょう」

笑みを深くしてクラウディオを見上げると、顎をそっと持ち上げられ、唇を重ねられた。

「ん……ん」

繰り返し触れるだけの口づけをされただけで、うなじのあたりがぞくぞく震える。目を閉じて少し唇を開くと、ぬるりと彼の舌が滑り込み、舌を搦め捕られて吸い上げられると下肢が蕩けてしまいそうなほど感じ入ってしまう。

「んんぅ、ふ、は……」

クラウディオの舌に遠慮がちに応えると、背中に右手を回され、くちゅくちゅと舌を擦り合わせながらベッドの上に押し倒された。

のしかかる男の重みが心地いい。

深い口づけを仕掛けながら、クラウディオの左手が寝巻き越しにゆっくりと身体のラインを辿《たど》る。滑らかなシルクの感触に触れられた箇所から、猥りがましい疼きが湧き上がる。

「あん、は……ぁ、あぁ……」

彼の大きな手が太腿を撫で上げ、シルク越しに下穿きを着けていない割れ目に触れてくる。長い指先が、つつーと秘裂を撫でてくると、媚肉がざわついて淫らな興奮が煽られる。

「ここがもう湿っぽいね」

クラウディオは服地の上からこすこすと花弁を抉りながら、唇を解放してこちらの表情を窺う。

「あん、や……あ」

触れさせまいと両足をきゅっと閉じ合わせたが、クラウディオの指はやすやすと股間に潜り込み、割れ目の狭間に押し入ってくる。

「あ、んっ」

強い刺激にびくんと背中が仰け反る。

「ぬるぬるに濡れている。寝巻きに染みてきた」

「そんなこと、言わないで、恥ずかしい……」

耳朶がかあっと熱を持つ。

「もっと恥ずかしくしてあげよう」

クラウディオは身を起こすと、チェチーリアの寝巻きの裾をさっと胸元まで捲り上げてしまった。

「あきゃっ……」

外気に触れて鳥肌が立つ。

クラウディオは両手でまろやかな乳房を包み込み、やわやわと揉みしだく。指先は掠めるように乳首を弾いてきた。みるみる乳嘴が凝り、触れられるだけでじんじんと甘い痺れが下腹部に走り、猥りがましい鼻声が止められない。

「あぁっ、は、はぁ……ぁ」

「感じているね」

クラウディオは両手で乳房を寄せ上げ、赤く色づいた先端を交互に口に含んで舐め回したり、吸い上げたり、甘噛みしたり多彩にいじめてきた。執拗《しつよう》に乳首を攻められると、蜜口がきゅうっと締まり、子宮の奥がつーんと甘く飢えてくる。

「や、乳首、そんなに、しないで……」

チェチーリアは首をいやいやと振り立てた。

「いやではないだろう？」

クラウディオは両手で乳房をいじりながら、ゆっくりと顔を下ろしてきた。彼の熱い舌が白い肌を這い回ると、擽ったいようなやるせないような疼きが全身に広がっていく。

「透き通るような白い肌だ。ルッキーニの山陵に降る初雪よりも白い」

クラウディオの舌先が、臍《へそ》の周りをねろりと舐め回した。途端に、せつない甘い痺れが脳芯まで走り、チェチーリアはびくんと腰を跳ね上げた。

「ひゃぁうっ？」

「この小さい窪《くぼ》みが感じる？」

クラウディオは嬉しそうな声を出し、舌先を臍の窪みに押し入れて、くりくりと抉った。

「はあっ、あ、あ、お臍、やだぁ、あ、だめえ……っ」

なぜそんなところが感じてしまうのかチェチーリアには見当もつかない。だが、クラウディオの舌がうごめくたびに、くるおしいほど感じてしまい、全身を波打たせて喘いだ。気持ちいいのに、感じるたびに辛くなり、逃げたいと思ってしまう。

それなのにクラウディオは執拗に臍を舐め続け、しまいにはチェチーリアは啜り泣きながら懇願した。

「お願い、もう、やめて……辛いの、あ、やだ、もうやぁ……お願い……」

臍から顔を上げたクラウディオは、せつなく喘ぐチェチーリアの顔をじっと見た。

「清楚なあなたが、そんなふうに淫らに乱れるのか──堪らない」

やっと意地悪な愛撫から解放されたのかと、ホッと息を吐こうとした刹那、クラウディオはやにわに両手でチェチーリアの足を摑んで立て膝にさせ、大きく開かせた。恥ずかしい箇所があらわになってしまう。

「あっ……」

綻んだ花弁から蜜口に滞っていた愛蜜がとろりと溢れた。クラウディオが股間に顔を寄せる。はしたない格好で秘められた箇所を暴かれているのに、身体が灼けつくように熱くなり、官能の興奮はいや増すばかりだ。蜜口がひくひくわななき、はしたない淫汁がこぽりと噴き出してくる。

「ぁ、あ、み、見ないで……」

「綺麗な花びらだ。真っ赤に熟れて淫らな蜜で濡れ光って──」

秘所にクラウディオの息遣いを感じた、と思った次の瞬間、秘裂に口づけされた。

「ああっ？」

彼は溢れる愛液をじゅるりと啜り上げ、蜜口の中を舌先で掻き回した。信じられない行為に、チェチーリアは頭の中が真っ白になる。

「やぁ、やめて、そんなところ、き、汚い……ですっ」

「あなたの身体で汚いところなど、どこにもない」

そうつぶやくや否や、クラウディオは充血した秘玉を咥《くわ》え込み、ちゅうっと強く吸い上げた。

「あぁぁっ？　あーーーっ」

あまりに凄まじい愉悦に、チェチーリアは瞬時に絶頂に飛び、腰を大きく跳ね上げたまま目を見開く。

クラウディオはそのまま鋭敏な肉芽を舌先で転がし、再び吸い上げた。強烈な快感に絶頂から下りてこられず、しばらくはなにも感じないような錯覚に陥った。だが、秘玉を繰り返し口の中で転がされ、じわじわと感覚が戻ってきた。身体の一点だけに喜悦が集中して、気持ちいいはずなのに、堪え難いほど苦しい。子宮の奥や隘路がじんじん飢えて疼いて、そこを攻めてほしいと希求する。

チェチーリアは身悶《みもだ》えて泣き喚いた。

「あ、あぁあ、もう、やめて、あ、やだ、もう、やっぁあっ」

繰り返し絶頂に押し上げられ、チェチーリアは息も絶え絶えになった。もはや抵抗する気力も失せ、びくんびくんと腰だけ痙攣させながら、クラウディオの口唇愛撫に翻弄され尽くす。

「は、はぁ、は……ぁあぁ」

ぐったりとして甘く啜り泣くだけになると、クラウディオがようやく頭をもたげた。

彼は熱のこもった眼差しでチェチーリアを見下ろした。

端整なクラウディオの口元が自分の噴き零した愛液で淫らに濡れている様は、あまりに卑猥で目を背けてしまう。

「どうしたい？　チェチーリア」

彼が掠れた声で聞いてくる。

「あ、ぁあ……」

秘玉への刺激であんなに極めたというのに、まだ足りない。内壁が飢えて飢えて、痛みを伴うほどきゅうきゅう収斂している。

ここを埋めてほしい。太くて熱いもので思い切り突き上げてほしい。

チェチーリアは消え入りそうな声で答える。

「ください……クラウディオ様」

チェチーリアはおずおずと自ら両足を開き、腰を浮かせて突き出す。

「私のここに……クラウディオ様のものを――」

それ以上は羞恥でとても言えなかった。

クラウディオが焦らすみたいにゆっくりと寝巻きを脱いでいく。

「あ……ぁ」

チェチーリアの視線は彼の股間に釘付けになった。

クラウディオの欲望は、腹に届きそうなほど反り返り、隆々と屹立《きつりつ》していた。傘の開いた先端から、先走りの透明な汁が噴き出している。

その猛々しい造形を見ただけで、チェチーリアの胎内がきゅんと締まり、軽い絶頂に飛びそうになる。

「可愛いくていやらしいチェチーリア、望みのものをあげよう」

クラウディオがのしかかってくる。

「はぁあ、あ」

脈動した肉茎が濡れ襞に押し当てられる。

かと思った瞬間、太い肉槍《にくやり》に一気に貫かれた。

「あああぁああぁぁっっ」

待ち望んでいたもので満たされ、チェチーリアは瞬時に高みに飛んだ。下腹部の奥で、信じがたい喜悦が弾けた。

「すごい――ぬるついた中が絡みついて」

クラウディオが低く呻き、がつがつと腰を穿ってきた。

「ひぁっ、あ、あ、ぁ、ああっ」

クラウディオが腰を揺するたびに、次から次へと重熱い愉悦が身体の中心を走り抜けていく。

「や、あ、すごい、あ、クラウディオ様、す、ごいのぉ……」

チェチーリアはくるおしく喘ぎながら、クラウディオの身体に縋りついた。

「ああまた達ったね、チェチーリア」

クラウディオが息を乱して喘ぐ。チェチーリアが達すると同時に蜜壺が熱くうねり、クラウディオの剛直を締めつけてしまう。

「はぁああ、あ、あぁ、ど、どうしよう……気持ち悦くて、あぁ、い、いいっ」

クラウディオの怒張で最奥を突き上げられるたびに、脳髄まで蕩けそうな熱い衝撃が走り、チェチーリアはもう気持ちいいとしか考えられない。

「チェチーリア、私の腰に足を巻きつけろ」

クラウディオは両手でぎゅうっとチェチーリアの身体を抱きしめ、結合部が鈍い音を立てるほど激しく腰を打ちつけてきた。

「あ、あぁ、こ、こう、ですか?」

チェチーリアはクラウディオの首に両手を回し、すらりとした両足を彼の腰に絡みつけた。そうすると、二人はさらにぴったり密着し、もうどこからが自分でどこからが相手の肉体なのかも判別できないほど一体化して溶け合った。

クラウディオの獣のように荒い息遣い、粘膜のぶつかり合うぬちゅぐちゅという卑猥な音、そしてチェチーリアの甲高い嬌声——それらがひとつに混じり合って寝室の中に響き渡る。

「チェチーリア、私だけのチェチーリア」

クラウディオの声が切羽詰まった響きを帯び、腰の動きが加速された。とめどない快感の波が、うねりながら子宮の奥から迫り上がってきた。

がくがくと総身をくねらせながら、チェチーリアは歓喜に咽び泣いた。高みを極めた濡れ襞が、脈動するクラウディオの肉胴をきゅうきゅうと絞り上げる。四肢がぴんと硬直した。

「あぁあ、んんぁあ、あ、あ、も、あ、もうっ……っ、もうっ……」

「く——出すぞ、あなたの中に全部——っ」

蜜壺の奥底で、クラウディオの欲望が熱く弾ける。

「ひぁ、ぁ、あ、ぁ、あぁ、あぁあ……」

すべてを与え奪い尽くし、二人は深く繋がったまま浅い呼吸を繰り返した。

「は――あ――っ」

なかなか絶頂の余韻が醒めず、チェチーリアはびくびくと腰を引き攣らせる。

「……ぁ、はぁ、はあぁ……」

クラウディオがゆっくりと腰を引くと、

「あ、ん」

その喪失感にすら感じ入って内壁がひくついてしまう。

クラウディオが深いため息をついて、汗ばんだチェチーリアの乳房の狭間に顔を埋めた。

チェチーリアはクラウディオの乱れた髪を優しく撫でつけた。

充足感に身も心も満たされて、チェチーリアは思わずクラウディオの額に口づけした。

クラウディオが顔を上げ、目を細めて口づけを返してくれる。

二人は見つめ合い、ちゅっちゅっと小鳥が啄むような口づけを繰り返した。

ぱちっと暖炉で火が爆ぜる。

窓の外でさらさらと雪の降る音が聞こえた。

「雪が降ってきたわ」

チェチーリアが小声でつぶやくと、

「降ってきたな」

と、クラウディオも答えた。

二人は抱き合ってしばらく降雪の音に耳を澄ませた。

「ぼたん雪だ――」

クラウディオがつぶやく。

「ぼたん雪?」

「湿った重い雪だ。春が来る知らせだ」

「春――待ち遠しいですね」

「ああそうだな」

とりとめのない会話を交わしているうちに、いつしか二人とも深い眠りの中に落ちていくのだった。

第三章　春の芽吹き

雪に閉ざされた冬の間、チェチーリアは新しい生活に少しずつ馴染《なじ》んでいった。

普段のクラウディオは自分の率いる辺境守備隊の教練や、ルッキーニ地方の政務に追われて多忙である。だが、その時間をやりくりし、クラウディオは必ずチェチーリアと食事を共にしてくれた。

平日のチェチーリアは、朝食後、マルロ執事長に屋敷内での役目や仕事についていろいろ教えてもらい、彼の補佐を受けながら女主人の務めを果たす。午後は、図書室で読書をしたり自分の部屋で編み物や刺繍などをして過ごした。天気のいい日は、屋敷の庭を散歩した。屋敷の使用人たちは皆親切で忠実で、チェチーリアは次第に伯爵夫人としての自信をつけていった。

週末は、クラウディオと共に近隣の村や街を散策し、買い物をしたりお茶を楽しんだりして過ごした。クラウディオは相変わらず言葉数は少なく無愛想ではあったが、けっしてチェチーリアを蔑ろにしているわけではないとわかってからは、かえって飾り気のない態度に誠実さを強く感じ、心惹かれていくのだった。

夜は同じベッドで休み、互いの身体を確かめ快感を分け合い、官能の悦びを深めていった。


そして――四月に入り、ルッキーニ地方に雪解けが訪れた。

純白だった山並みの雪が解け、黒い山肌が現れた。解けた雪が地下水となり川の水量が増すと、山裾の村々では畑仕事が始まる。

眠っていた木々が芽吹き、色とりどりの花が咲き始め、ルッキーニ地方は一気に彩り豊かになる。

長い冬、家に閉じこもりがちだった人々は、重い外套を脱ぎ軽快な服装で外出することが多くなる。村も街もにわかに活気づく。春を祝う祭りがあちこちで開かれる。

そんな春真っ盛りの吉日、ルッキーニ地方一大きい街コルアの聖堂にて、クラウディオとチェチーリアの結婚式が盛大に執り行われた。

統治伯爵の結婚式ということで、ルッキーニ全体がお祝いムード一色に染まった。

コルアには伯爵夫妻を祝おうと、各所から人々が続々と集まってきた。この街にこれほどの人が集まったのは、史上初のことであった。

聖堂の控室ではチェチーリアが、仕立て屋とお針子たちが精魂込めて仕立て上げた特注のウェデングドレスに身を包み、呼び出しをドキドキしながら待っていた。

清楚なデザインだが、最高級の純白のシルクタフタをふんだんに使ったウェデングドレスは、チェチーリアのほっそりした肢体にぴったりと似合っていた。装飾品は真珠で統一し、長いヴェールには細かい花模様の刺繍が施されていた。首まわりはすっきりと結い上げ、前髪を華やかに膨らませた髪型は、あどけなさが残るチェチーリアを少しだけ大人びて見せる。目元に軽くアイシャドーを入れ、口紅だけ思い切り派手な真紅にすると艶やかさが加わり、美貌に一段と磨きがかかった。

「まあまあ、まるで美の女神と見紛うようなお美しさですよ、姫君——奥様」

身支度の最後の仕上げに、チェチーリアにスノードロップのブーケを手渡しながら、乳母は涙ぐんだ。

「伯爵様がこんな豪華な結婚式を挙げてくださるなんて、なんて晴れがましいことでしょう」

「ありがとう、ばあや」

チェチーリアはブーケを受け取り、ぽっと頬を染めた。自分でも、こんな立派な結婚式を挙げてもらえるなんて思いもしていなかった。当初は、分不相応だと尻込みしていたが、次第にルッキーニでの生活に馴染み女主人としての自信がついてくると、王家の人間としての自覚も芽生えてきた。

「お時間でございます。どうぞ聖堂へ」

扉の外からフェデリーゴ兵長が声をかけた。彼は、男親のいないチェチーリアと共にヴァージンロードを歩く役目を、クラウディオから仰せつかっていた。

扉が開き、礼装姿のフェデリーゴが緊張し切った顔で現れた。

「ま、参りましょう、奥様っ」

彼は早口で左手を直角に曲げた。

「はい」

チェチーリアはすっとその腕の内側に右手を添えた。

二人は正面を向いて、聖堂に足を踏み入れる。荘厳なパイプオルガンが祝婚の曲を奏で、大勢の招待客が拍手で迎える中、奥の祭壇に向かって赤い絨毯の上を一歩一歩進んでいく。

「奥様、俺は戦場に行くより緊張してますよ。俺なんかでよかったのですかね」

フェデリーゴが震え声でつぶやく。

「あなたはクラウディオ様の盟友ですもの。他の人は考えられないわ」

チェチーリアは小声で答えた。緊張はしていたが、それよりも結婚式を挙げる喜びと感動で胸がいっぱいだった。

それに、祭壇の前で待っているクラウディオの美麗なことと言ったら——。

すらりとした長身に、広い肩幅、均整のとれた引き締まった身体に、純白の軍服風の礼装がこの上なくよく似合っている。金糸の縫い取りのある白いサッシュを腰にきりりと巻き、金色の礼装用のサーベルが差してある。いつもは無造作に掻き上げている黒髪は綺麗に撫でつけられ、男らしい風貌は凜々《りり》しく威厳に満ちている。胸にはチェチーリアのブーケと同じスノードロップの花が飾られてあった。

チェチーリアの視線はクラウディオに釘付けだった。

こういう厳粛な場では、落ち着き払った彼の風貌は圧倒的な存在感を放った。

祭壇の前で、フェデリーゴからクラウディオの腕に手を入れ替える。

クラウディオがかすかにうなずく。チェチーリアもうなずいて応えた。

二人は祭壇の前に並んで立った。

司祭の結婚の誓約の言葉を、厳粛な気持ちで聞く。

「健やかなる時も、病める時も、富める時も、貧しい時も、互いを敬い助け慰め、死が二人を分かつまで、心を尽くすことを誓いますか？」

「誓います」

クラウディオはよく通るバリトンの声で返事をする。

「誓います」

チェチーリアは少し緊張した声で答えた。これで、ほんとうにこの人の妻になったのだ。

なんだかまだ夢の中にいるような気持ちだ。

金の結婚指輪を交換し、向かい合わせになる。

クラウディオの両手がチェチーリアのヴェールをゆっくりと捲る。

彼の深い青い目がまっすぐに見つめてくる。その時、チェチーリアは彼の瞳の奥がかすかに潤んでいるのに気がついた。

クラウディオがチェチーリアにだけ聞こえる声でささやく。

「私のチェチーリア、私だけの水色の目」

彼の顔が寄せられ、唇が重なる。

チェチーリアは目を閉じて口づけを受けた。

これから始まる新たな人生――クラウディオとずっと生きていく。

その時、チェチーリアは自分がすっかりクラウディオに心奪われていることを悟った。

この人に恋している――。

感極まった涙がひと筋、頬を伝って零れ落ちた。


結婚式から数日後。

すぐ近くのカラの村で春祭りが行われるとマルロから聞いたチェチーリアは、朝食の席でクラウディオを誘ってみた。

「クラウディオ様、週末、カラ村で春を祝うお祭りが開かれるそうですよ。一緒に見に行きませんか？」

クラウディオは自分の皿に目を落としたまま、無愛想に答える。

「侍女たちと行けばいいだろう」

「そんな――私はクラウディオ様と行きたいのに。もう行き飽きてしまわれたのですか？」

「いや――祭りなど、大の男が一人で行くものではない。行ったことはない」

「では、行きましょうよ。屋台や大道芸人などが出るそうですよ。私もお祭りには行ったことがないのです。とても楽しそう」

クラウディオは顔を上げ、チェチーリアのワクワクした顔を見た。

「あなたが望むのなら――」

「では、決まりですね」

チェチーリアはにっこりした。

クラウディオの口角がわずかに持ち上がる。

「結婚したというのに童女のようだな、あなたは」

落ち着きがないと言われたのか。ちょっとしゅんとなる。

「伯爵夫人らしくなかったですか――」

クラウディオが首を横に振った。

「いや──好ましい」

「っ──」

チェチーリアは心臓がドキンと高鳴り、じーっとクラウディオを見つめる。

「なんだ？　行くと言ったろう」

「ち、違うの。さっき言った言葉をもう一度──好ましいって」

「こ──好ましい」

「うふ」

チェチーリアは満面の笑みを浮かべた。

「やっとクラウディオ様にお褒めの言葉をいただけたわ」

クラウディオはバツの悪そうな顔になった。

「私は──」

クラウディオがなにか言いかけようとした時、フェデリーゴが入ってきた。彼は敬礼してから報告した。

「伯爵殿、今朝、国境線でバニーニョ王国の警備兵たちが、予備兵と交代したと連絡が参りました」

「雪解けに合わせてきたか。戦闘態勢に入ってはいないな？」

クラウディオはさっと軍人の顔になった。

「今のところは表立った行動はないようです。様子見でしょう——ごきげんよう奥様、今日はピンク色のドレスがお似合いで、まるで咲いたばかりのサクラソウのようにお美しいですよ」

フェデリーゴがいきなり褒めてくる。

「あ、ありがとう、兵長」

チェチーリアが笑顔で挨拶すると、クラウディオがあからさまに不機嫌になった。

「余計な挨拶はいい。連絡が済んだら、さっさと行け」

「奥様、伯爵殿もそのピンクのドレスに関して、同じ意見だそうです。そう顔に書いてあります」

フェデリーゴはしれっと言う。

「え？」

チェチーリアは思わずクラウディオを見た。クラウディィは無言で目元をほんのり赤くしている。チェチーリアは彼の視線を捉えるようにして、たずねた。

「クラウディオ様、このドレス、似合ってますか？」

「——」

クラウディオは恨めしげにフェデリーゴを睨んだ。

「言ってやれよ、伯爵殿」

フェデリーゴが促す。クラウディオは視線を逸らして、ぼそぼそと言った。

「――綺麗だ」

フェデリーゴがチェチーリアにウインクした。

「ね？　では、失礼します」

フェデリーゴはさっさと退出してしまう。

「あいつめ――」

クラウディオがいまいましげにフェデリーゴが出ていった扉を見遣った。

「うふふ」

チェチーリアはほくそ笑んでしまう。

クラウディオが美辞麗句が苦手なことはよくわかっていた。だからこそ、彼から褒められると、心底嬉しい。フェデリーゴはそれをよく理解してくれている。さすがに親友だ。

「兵長はほんとうに有能ですね」

「うむ。彼の軍人としての働きは確かなものだ」

クラウディオがチェチーリアの言葉を別の意味に受け取ったので、あやうく噴き出しそうになった。

可愛い。

強面のクラウディオの一本気なところが、とても愛らしいと感じてしまうのは不遜だろうか。いや――彼に恋心を募らせているからだ。

一見無骨で男臭いクラウディオには、彼自身が気づいていない魅力がいっぱいある。

それをひとつひとつ、宝探しみたいに見つけていくのが、ドキドキワクワクして堪らなく楽しい。チェチーリアの密かな喜びでもあった。


週末、二人は近所のカラの村祭りに出かけた。

チェチーリアはその日初めてコートを脱ぎ、春らしい若草色のドレスを選んだ。スカートの裾がふんわり開き、歩くととても軽快だ。ドレスと同じ色のショールを羽織り白い日傘を手にした。クラウディオはいつもの簡素な外出着姿だが、長身でスタイルがいい彼はなにを着ても様になって格好がいい。

村の家の戸口や窓辺は色とりどりの花で飾られ、大通りには食べ物や物売りの屋台が建ち並んでいる。村の中央にある役場前の空き地では、旅の楽団が呼ばれて明るい曲を奏でている。その音楽に合わせて、村人たちは思い思いに歌を歌ったりダンスに興じたりしていた。

「ほんとうに賑やかだわ。ね、クラウディオ様」

チェチーリアはクラウディオの腕に身を預けながら、はしゃいだ声を出す。

「うむ。春は各地でこのような祭りが開かれる。今年の豊作を願う、豊穣祭《ほうじょうさい》の意味合いがあるのだ」

クラウディオが丁寧に説明してくれる。

通りすがりの人々は、伯爵夫妻に気がついて口々に挨拶してくれた。

「こんにちは、伯爵さま、奥様」「こんにちは、伯爵様がお祭りにおいでになるとは、珍しい。祭りを楽しんでくださいね」「ごきげんよう、伯爵さま、麗しき奥方様」

声をかけられるたびに、チェチーリアはにこやかに挨拶を返した。クラウディオは重々しくうなずく。美麗な二人の姿は、どこでも人目を引いた。

チェチーリアは、建ち並ぶ屋台をひとつひとつのぞいていった。

「クラウディオ様、あの屋台で売っているお菓子はなんですか？」

「あれはヌガーだ。くるみを蜂蜜で固めたものだ」

「美味しそう。食べたいわ、買ってくださいますか？」

「あんな駄菓子を食べるのか？」

「いいじゃないですか。食べたことがないんですもの」

「仕方ない人だ」

クラウディオは口で言うほど困った顔もせず、屋台の列に並んでヌガーを買ってくれた。長身のいかついクラウディオが女性や子どもばかりの列に並ぶと、大いに目立った。小さな紙袋に入ったヌガーを渡され、チェチーリアはひとかけら口に入れてみる。

「香ばしくて美味しいわ！　クラウディオ様もおひとつどうぞ」

チェチーリアが指で挟んで差し出す。クラウディオは困惑したように答える。

「いや、私は甘いものはいい」

「いいから、はい、あーんしてください」

チェチーリアが譲らないので、クラウディオは仕方なさそうに長身を屈めてヌガーを口に入れてもらう。

「どうですか？」

クラウディオが口を動かしながら眉を寄せた。

「甘すぎる」

チェチーリアは噴き出してしまう。

「それは、そうでしょう。お菓子ですから」

周囲の人々は、クラウディオがまるでしつけのいい大型犬のようにチェチーリアの言うことを聞いている姿を、目を丸くして見ている。

「バニーニョ国軍が恐れる『黒狼伯爵』も、奥方様にはかたなしだ」「仲がよろしいこと」「あんな素直な伯爵様は初めて見るよ」

その後もチェチーリアは、ガラス細工の屋台をひやかしたり、大道芸の猿回しを見物したり、小鳥の引くおみくじ芸に見入ったりと、祭りをたっぷりと楽しんだ。

夕刻になり、役場前の空き地には大きな篝火《かがりび》が焚《た》かれ、祭りは佳境に入る。

楽団がテンポの速いダンス曲を掻き鳴らすと、村人たちは篝火を囲んで輪になって手を繋ぎ、ぐるぐる回る民族舞踊を踊り出した。

ステップはシンプルだが、とても楽しそうだ。

見物客たちは、囃《はや》し立てながら手拍子を打つ。

と、踊りの輪から外れた一人の少年が、クラウディオと並んで人混みの後ろの方で眺めていたチェチーリアに向かって走ってきた。少年はチェチーリアの手を引っ張る。

「奥様、一緒に踊ろうよ」

「え？　私？」

チェチーリアはクラウディオを振り返る。彼は促すようにうなずいた。

「楽しいよ、奥様、ぜひ」

「じゃあ――」

「うわぁい、僕、ココっていいます。奥様、さあ」

チェチーリアは少年に導かれ、踊りの輪に入った。

左右の人と両手を繋ぎ、足を交差するようなステップでぐるぐる回るようだ。初めは戸惑っていたチェチーリアだが、すぐに皆と調子を合わせて踊れるようになった。

単純な踊りなのに、とても興奮して楽しい。

「奥様、音楽が変わったら、反対向きに回るんですよ。いつ音楽が変わるかわからないから、よく耳を澄ませてくださいね」

「わ、わかったわ」

だがチェチーリアは皆と合わせるのに必死で、音楽が変わった時にすぐに反応できなかった。反対に動いてきた人とぶつかって列が崩れる。

「きゃっ」

チェチーリアと手を繋いでいた人たちを巻き込んで、転げてしまった。人々からどっと笑い声が起こる。音楽が中断した。

「ほらほら奥様しっかり」

周囲の人に励まされ、チェチーリアはスカートの土を払うと、頬を膨らませる。

「次は転ばないわ」

子どもみたいに顔を真っ赤にさせたチェチーリアに、皆が笑みを深くする。

すると、数人の村人が輪の中から抜け出た。そして、すぐにクラウディオの背中を押すようにして連れてきた。

「さあさあ、伯爵様、奥様が頑張っておられるのだから、参加してください」「どうぞどうぞ」「一緒に踊りましょう」

周囲が囃し立てる。

「いや――私はダンスなどできぬ――」

クラウディオは困惑したように立ち竦んでいる。

チェチーリアはさっと右手を差し伸べて微笑む。

「クラウディオ様、踊りましょう」

「む――」

クラウディオは素直にその手を握った。二人は並んで踊りの輪に入った。

わあっと歓声が上がり、楽団が演奏を始める。

人の輪がぐるぐる回り出す。

踊りは苦手だと言っていたクラウディオだが、持ち前の運動神経のよさで、すぐに皆とぴったりと調子を合わせてステップを踏み出す。

見物人たちはやんやと大喝采だ。次第に音楽がテンポを速める。

「ああ、目が回りそう」

チェチーリアは息を切らしながら、クラウディオを見上げた。クラウディオはさりげなく握った腕に力を込めて、チェチーリアが転ばないように支えてくれた。表情は生真面目だが、眼差しは優しい。

「楽しいわ、楽しいですね、クラウディオ様」

チェチーリアは声を弾ませた。

こんなにはしゃいだことはこれまでチェチーリアの人生にあったろうか。

その時、クラウディオが白い歯を見せて答えた。彼は晴々と笑った。

「楽しいな」

「っ――」

心からの笑顔にチェチーリアは胸がきゅーんと甘く痺れ、涙が出そうになる。

だが、周囲は一瞬パニックになりかけた。

「伯爵様が、笑われた？」「あんな素敵なお顔で笑うのか」「あの『黒狼伯爵』が笑うなんて――前代未聞だ」

だがすぐに、踊りの輪はますます盛り上がり、祭りの興奮は最高潮に達した。

祭りは、村を彩った花飾りを皆で篝火で焼いて終わりを告げる。

村人たちは豊作を願うわらべ歌を歌いながら、次々に花飾りを篝火に投げ入れていく。

「ああ、くたくたです」

チェチーリアは篝火から少し離れた木陰のベンチに腰を下ろし、大きくため息をついた。

「なにか飲み物を買ってこよう。すぐ戻る。そこで待っていなさい」

クラウディオがそう言って、人混みに姿を消した。

「ふう……」

チェチーリアは心地よい疲労感に満たされていた。

と、側の木立で村の年寄りたちがぼそぼそと交わす会話が漏れ聞こえてきた。酔っ払っているのか、皆ろれつが回っていない。

「やはり奥方様は、あのお方にそっくりじゃな」

「先の王妃ビアンカ様の一人娘であられるからの」

亡き母の名前が聞こえたので、チェチーリアはぎくりとして思わず耳を澄ませた。

「ビアンカ王妃にはお気の毒なことじゃった。何者かに、谷底に突き落とされたのだという噂じゃろう?」

「犯人はいまだにわかっていないとか」

「その娘の王女がこの地に嫁いでくるとは、なにか因縁を感じるのう」

チェチーリアは心臓がバクバクするのを感じた。

母が殺された?

ずっと乳母や周囲の者からは事故だと言われてきた。

生前の母は思いやり深い優しい人だったと聞いている。誰かに殺されたなんて、そんなことは信じられない。

それならば領主であるクラウディオが知らないはずはない。以前、ちらりと亡き母の話をした時には、彼はそんなことには少しも触れなかった。

「チェチーリア、待たせた。レモン水でいいか?」

クラウディオがコップを手にして戻ってきた。

チェチーリアはハッと木立の老人たちから目を逸らす。

「あ、ありがとうございます」

「ん？　顔色が悪いな？　疲れたか？」

「少し、はしゃぎすぎたかもしれません」

チェチーリアはレモン水のコップを受け取りながら、小声で答えた。

クラウディオはチェチーリアの隣に腰を下ろし、優しく背中を抱いてきた。

「私も、すっかり童心に戻ってしまったよ」

彼は篝火の方に目をやりながら、しみじみとした声を出す。

「あなたと来て、よかった」

「……」

チェチーリアはそっとクラウディオの横顔を見上げた。これまでになく、穏やかで満たされた表情をしていた。篝火の光に照り映えて、ぞくぞくするほど美しい。

チェチーリアは胸が甘く掻き乱された。

愛している、と強く思う。

この人に相応しい妻になりたい。

クラウディオはいつだってチェチーリアに誠実だ。自分に嘘などつくはずがない。

あの老人たちはひどく酔っていた。きっと、当時はそういう邪推もあったのだろう。適当な噂話に決まっている。母は事故死したのだ。

チェチーリアは胸の奥に芽生えたほの暗い疑念を振り払った。

チェチーリアは、クラウディオの肩に自分の頭をそっともたせかけた。

「また、一緒にどこかに出かけましょうね」

「ああそうだな」

二人は寄り添って、いつまでも篝火を見つめていた。


数日後、チェチーリアは異母弟のトーニオに手紙を書いた。

結婚後も、トーニオとだけは頻繁に手紙のやり取りをしている。互いに近況などを報告し合っているのだ。

「その後、元気ですか？　トーニオ。

私はとても元気です。

ルッキーニ地方にようやく春が訪れ、日に日に暖かく過ごしやすくなりました。

先日は、近くの村の春の豊穣のお祭りを見に、伯爵様と出かけました。

祭りは賑やかで、村人たちとも交流し、それはそれは楽しい時間を過ごしました。

いつか、あなたがこちらに遊びに来てくれると嬉しいわ。

ではまた手紙を書きます。

愛を込めて　チェチーリア」

首都の王城では、女王アンジェラが執務室でその手紙を読んでいた。

彼女は、チェチーリアが嫁いでいってからずっと、トーニオに送ってくる手紙を先回りして手に入れ、盗み読んでいたのだ。

「なんじゃ、あの小娘め。楽しげなことばかりを書き並べおって」

彼女はいまいましげにつぶやいた。

冷酷と評判の辺境伯の元へ嫁いで、毎日嘆き暮らしているのかと思いきや、ずいぶんと幸せそうだ。

「ビアンカの娘が幸せになるなんて、決して許さんぞ」

アンジェラは憎悪に顔を醜く歪《ゆが》ませた。


四月下旬。

山間の道もおおかた通行可能になり、クラウディオは守備隊を率いてルッキーニ全土の視察に出かけることになった。

毎春クラウディオは、この時期に視察に行くことにしていた。長い冬、ルッキーニ地方を守っていた雪が解けると、国境を接しているバニーニョ国軍が侵攻を開始する懸念があった。そのために各地の状況をくまなく見て回る必要があったのだ。

チェチーリアにとっては、嫁いできて初めてクラウディオと離れて生活を送ることになる。冬の間は、一日も欠かさず側にいたので心細さは否めない。

だが、クラウディオには辺境伯としてこの地を守る使命がある。

「半月ほど留守にするが、その間はあなたに女主人として屋敷を守ってほしい」

「女主人」という言葉はチェチーリアの胸に強く響いた。笑って彼を送り出そうと決意していた。

出立の前の晩、クラウディオはチェチーリアを熱く抱いた後、腕枕をしながらチェチーリアに言い含める。

「屋敷のことで、わからぬことはなんでもマルロに聞けばいいからな」

チェチーリアはクラウディオの広い胸に顔を埋め答える。

「もちろんです。屋敷の皆と力を合わせてここをお守りしますから、クラウディオ様は心置きなくお仕事を果たしてください」

クラウディオはぎゅっとチェチーリアを抱きしめた。

「できるだけ早く、無事に帰ってくる」

「待っています」

チェチーリアも強く抱き返した。

翌早朝、クラウディオはフェデリーゴ兵長始め手練《てだ》れの騎馬兵士たちを引き連れて、視察に出立していった。

チェチーリアは屋敷の者たち全員で玄関前に勢揃いし、軍隊の最後の一兵が見えなくなるまで見送った。

チェチーリアは毎日早起きをし、玄関前のフロントガーデンの手入れを庭師と共にした。雪が解けたので、屋敷の顔であるフロントガーデンを花や緑で彩るのは、女主人の大事な仕事だ。王城で奥の離れに閉じ込められていた時も、庭師たちとはよく交流していたので、チェチーリアのガーデニングに関する知識は周囲が驚くほどであった。その後、朝食を済ませると、使用人たちに指示をして屋敷の中を整える。春とはいえ、冷え込む日が多いこの地方は、夏まで暖炉に火を欠かさない。そのため、暖炉周りは特別に気を遣って清掃し、装飾にも気を配った。食器の手入れ、壁に掛けた多くの絵画の掃除、カーテンや窓ガラス、絨毯の補修と、やることは幾らでもあった。

晩餐の後は部屋で縫い物にいそしんだ。クラウディオが帰宅するまでに、夏用のシャツを繕っておこうと思ったのだ。侍女にやらせてもいいのだが、チェチーリアはクラウディオの身の回りのことは、極力自分でやろうと決めていた。

時折、視察先のクラウディオから伝書鳩《でんしょばと》の手紙が届いた。元気で変わりないことを、朴訥な言葉で述べるだけの短い手紙だが、文面の最後には必ず、

「私の妻へ」

と記されてあるのが、チェチーリアの心を甘くときめかせた。

屋敷での生活は、こうして穏やかに過ぎていった。

しかし、もうすぐクラウディオが帰還するというある日のことである。

その日は、朝から暖かい雨がしとしとと降っていた。

「ばあや、今日は雨だから、ガーデニングは中止ね」

「そうですね、奥様。その代わり、銀器を磨くのはどうでしょう」

「そうしましょうか」

そんな会話を乳母と交わしている時だった。

マルロが色を変えて部屋を訪れた。

「奥様、先ほど、この先のカラの村で大きな雪崩《なだれ》が起き、かなりの家が雪に埋もれたという知らせが参りました」

「なんですって?」

カラは、せんだってクラウディオと春祭りを見に行った村だ。

この地方は、春になっても山々には根雪が残っていることが多い。今朝の暖かい雨のせ

いで、積雪が緩んで斜面から大量の雪が雪崩となって村を襲ったのだという。

「奥様、旦那様は不在ですし、いかがしましょう？」

マルロの言葉に、チェチーリアは言葉を失う。

よもやクラウディオがいない時に、こんな災害が起こるなんて。急にはどうしていいかわからなかった。

だがこういう時、クラウディオならどうするか。必死で考えた。

チェチーリアはキッと顔を上げると、口早に言った。

「麓の駐屯地に伝令を出して、カニーニ伯爵家から救助を手伝う兵士を要請すると告げてちょうだい。マルロは屋敷の男たちを集めて、カラの村へ救助に向かわせてください。ばあや、侍女たちに命じて、玄関ホールと空いている部屋を大急ぎで片付けさせ、怪我人の受け入れの準備と、それに厨房に炊き出しの用意をさせて。それと、伯爵家のお抱えの医師をすぐさま呼んでください」

「かしこまりました」

「わかりました、奥様」

マルロと乳母は背筋を伸ばすと、すぐさま部屋を出ていった。

チェチーリアは自分で外出着に着替えた。

部屋を出て階下に下りると、すでに侍女たちが玄関ホールに置いた調度品などを総出でバックヤードへ運んでいた。

「場所ができたら、毛布と着替え、清潔な布巾などをたくさん用意するのよ」

チェチーリアの指示に、侍女たちはテキパキと動く。

「マルロ、マルロ、馬車を出してちょうだい。カラの村に行くわ」

男の使用人たちを集めて点呼を取っていたマルロは、驚いたような顔になった。

「災害現場へ行かれるのですか？」

「自分の目で現状を確かめたいの」

「承知しました。では全員、急いで村へ向かえ」

マルロは使用人たちを出立させると、チェチーリアに近寄り小声で言う。

「奥様、できればお屋敷に留まる方がよろしいです。奥様になにかありましたら、私は旦那様に合わせる顔がありません」

「いいえ。クラウディオ様なら、真っ先に村へ駆けつけられるわ。私は非力だけれど、村人たちを力づけ安心させることはできると思うの」

マルロはチェチーリアの決意に満ちた顔をじっと見た。

「わかりました。私が馬車を出しましょう。奥様を私がお守りします」

「ありがとう、マルロ」

チェチーリアは屋敷のことは侍女長と乳母に任せ、マルロが操る二人乗りの無蓋馬車でカラ村へ向かった。

村の入り口では、避難した村人が大勢集まっていた。

彼らは馬車に乗ったチェチーリアの姿を見ると、安堵《あんど》したように駆け寄ってくる。

「奥様！」「奥方様！」

「被害はどのくらいなの？　怪我人は？」

チェチーリアはマルロの手を借りて馬車を降りると、村人たちに問う。村長が進み出て告げた。

「奥方様、山裾の家がおおかた、雪崩に呑み込まれてしまいました。多くの者は無事逃げましたが、数名雪に埋もれてしまっております。お屋敷の男衆たちが必死に救出作業をしてくださっております」

そこへ、急拵《きゅうごしら》えの板の担架に乗せられた怪我人が運ばれてきた。中年の男性だ。

担架を運んできた屋敷の使用人が、チェチーリアに報告する。

「右足の骨を折っているようですが、命に別状はありません」

「では、急ぎカニーニの屋敷に運んでちょうだい。もうお抱えのお医者様が到着なさっている頃よ」

チェチーリアは集まっていた村人に向かって声を張った。

「お屋敷には、着替えや温かい食べ物や飲み物も用意してあります。避難場所に使ってください」

「ありがとうございます、奥様」「感謝します、奥様」

そうこうしている間も、次々に救出された村人が運ばれてきた。

村人と屋敷の使用人たちが力を合わせて、屋敷に怪我人を搬送する。

チェチーリアはマルロと共に、災害現場へ向かった。

村外れの山裾が大きく削れ、一帯は雪で埋もれてしまっていた。村人と屋敷の使用人たちが必死で雪を掘っている。

「全員助かったの？」

チェチーリアは一人の使用人に声をかけた。

「おおかたは救出しましたが、まだ――」

雪の上で、一人の女性が泣き喚いている。

「ココ、ココー、返事をしておくれ」

使用人が声を顰めた。

「あの村女の息子がまだ一人、見つかっておりません」

春祭りの踊りに誘ってくれた少年だった。チェチーリアは胸がきりきりと痛んだ。

「みんな、頑張って、男の子を救ってください！　麓の駐屯部隊はまだ到着しないの？」

「なにぶん、山道なので、まだのようです」

「時間がないわ。男の子が凍え死んでしまう」

チェチーリアはそう言いながら、手元の雪を手で掻き出そうとした。

「あっ、奥様がそのようなことを――」

「人手は少しでも多い方がいいわ。さあ、もっと探しましょう」

その場にいる者全員が懸命に雪を掘った。しかし、ココはなかなか発見できなかった。

チェチーリアは雪まみれになって皆を励ます。時間が経つにつれ、皆の顔に焦燥の色が浮かび始めた。

村人の一人がぼそりとつぶやく。

「もう手遅れかもしれないな」

「諦めてはだめよ」

慣れない雪掻きでチェチーリアも体力の限界に来ていた。だが、かじかんだ手で必死に雪を掘ろうとした。

その時、村の入り口からわあっと歓声が湧いた。

ハッと振り返ると、手にスコップを握った兵士たちが走ってくる。視察に出かけていた守備隊だ。その先頭にクラウディオの姿があった。

「――クラウディオ様……」

クラウディオはチェチーリアに駆け寄ると、優しく肩に触れた。

「たった今帰還した。詳細は屋敷の者に聞いた。よく頑張った、あとは私たちに任せなさい」

クラウディオは部下たちに大声で命令した。

「各班、横並びでしらみつぶしに掘っていくぞ。兵長、そちらの班の指示を任す」

「承知。子どもを傷つけないようまず目視、それからスコップを使え」

フェデリーゴが自分の隊に声がけし、兵士たちは一糸乱れぬ動きで、どんどんと雪を掘っていく。

「奥様こちらへ。小屋の暖炉に火を起こしました」

マルロが毛布をチェチーリアにかけると、背後へ誘導した。チェチーリアはよろめきながら小屋に入る。暖炉の前に置かれた椅子に座ろうとしたが、居ても立ってもいられず、窓の前に立ちクラウディオたちの動きを凝視した。

程なく、

「発見！」

と声が上がった。チェチーリアは自分の羽織っていた毛布を暖炉の前に敷くと、窓から叫んだ。

「クラウディオ様、こちらへ、部屋を暖めてあります！」

少年を抱えたクラウディオが小屋に飛び込んできて、敷かれてあった毛布の上に寝かせた。

少年の顔は血の気が失せ、唇は紫色に変色していた。クラウディオは少年のシャツをはだけ、心臓に耳を押し当てた。

「鼓動がない――」

「えっ？」

その言葉にチェチーリアは息を呑んだ。クラウディオは少年の胸に両手を当て、すぐさま心臓マッサージを始めた。同時にマルロに大声で指示をする。

「もっと火を燃やせ！」

「かしこまりましたっ」

マルロが暖炉にどんどん薪をくべていく。

クラウディオはもくもくと心臓マッサージを続けた。

「ああ……神様」

チェチーリアはクラウディオの背後で棒立ちになり、生きた心地もしなかった。両手を胸の前で組み合わせ、心の中で神に少年の無事を祈り続ける。今の自分には祈ることしかできなかった。

と、ふいに少年が激しく咳き込み、泣き声を上げた。

「よし――」

クラウディオは少年を毛布で包み込み、抱きしめた。彼は感情のこもった声で少年にささやいた。

「よく頑張った、もう大丈夫だ」

「は、伯爵、さ、ま――」

少年が掠れた声で答えた。

「ああ……よかった、ココ、よかったわ」

チェチーリアはその場に頽《くずお》れ、嬉し泣きに咽ぶ。

マルロが小屋の外へ飛び出して行った。

「少年が息を吹き返しました！」

マルロの声に村人や兵士たちがわっと歓声を上げた。

クラウディオは少年を何枚もの毛布でくるみ、暖炉の前に横たわらせた。

「お医者さんがもうすぐ来る。それまで暖かくしていなさい」

少年はこくんとうなずいた。顔に赤みが差し、呼吸も落ち着いてきた。

ばたんと扉が開き、少年の母親が血相を変えて飛び込んできた。

「ココッ」

少年が小声で答える。

「母ちゃん――」

母親は少年の前に突っ伏して号泣した。

「ああ、よかった、助かったのね、ああ――」

母親は涙でぐしゃぐしゃの顔をクラウディオに振り向けた。

「ありがとうございます、伯爵様、息子の命を救ってくださり、一生感謝します。ありがとうございます」

クラウディオは穏やかな顔で答える。

「息子を救ったのは私ではなく、妻だ。彼女が迅速に救助活動を行ったから、間一髪間に合ったのだ」

母親はチェチーリアを拝むようにして、啜り泣く。

「奥様、ありがとうございます」

チェチーリアはやっと笑顔を浮かべることができた。

「ほんとうによかったわ。ココとまたダンスを踊れるのを楽しみにしているわ」

そこへ、かかりつけの医師が看護師と共に到着した。クラウディオとチェチーリアは診察の邪魔にならないように小屋を出た。

フェデリーゴが駆けつけて、敬礼し報告する。

「遭難した村人は全員救助しました。負傷者はいますが、命に別状はありません」

クラウディオが重々しくうなずく。

「ご苦労。長旅から戻ったばかりなのに、皆よく動いてくれた。兵士たちは屋敷でひと休みさせてから、おのおの解散させろ。あとで特別褒賞も配ろう」

「了解」

フェデリーゴは立ち去り際に、チェチーリアにウインクした。

「奥様、我々が予定より早く戻れたのは、伯爵殿が一刻も早く奥様のお顔を見たくて、帰りを急いだからですよ。おかげで村人たちを救助できました」

「な――っ、余計な――」

クラウディオがなにか言う前に、フェデリーゴはさっさと退散してしまう。

クラウディオは目の縁を赤くして、ぶつぶつと口の中で文句をつぶやく。

「あいつ、言いたいことを言う。釘を刺しておくべきか――」

盟友にからかわれて困惑しているクラウディオの姿に、チェチーリアは心の底から甘い恋情が湧き上がるのを感じた。

「――クラウディオ様」

チェチーリアはクラウディオの背後からひしと抱きついた。

「よくぞ駆けつけてくださいました。私だけでは、どうしようかと――」

クラウディオは背中に巻きついたチェチーリアの腕に優しく触れた。

「それは違う。あなたの素早く的確な行動があったからこそ、一人の命も失うことなく、村を助けることができたのだ。あなたはもう、立派なカニーニ伯爵家の女主人だ」

「クラウディオ様……」

真摯な言葉に胸が熱くなった。

と、クラウディオがくるりと振り返りざま、ぎゅうっと強く抱きしめてきた。息が止まるかと思った。

「あ――苦し……」

クラウディオはチェチーリアの髪に顔を埋め、深々とため息をついた。

「会いたかった」

「……」

心臓が破裂しそうなほどドキドキする。クラウディオの言葉の真意はははかりかねたが、彼は嘘は言わない人だ。クラウディオなりに、チェチーリアのことを妻として認めてくれたのだ。

チェチーリアは目を閉じ、逞しいクラウディオの腕の感触をしみじみと味わう。

「私も……会いたかったです。一人ではとても寂しくて……」

クラウディオが髪を撫でた。そして艶めいた声で言う。

「ただいま、チェチーリア」

チェチーリアは心を込めて返した。

「おかえりなさい、クラウディオ様」

その時、チェチーリアはクラウディオとやっと、ほんとうの夫婦になれたような気がした。

「愛しいトーニオ
元気ですか？

私は元気です。伯爵様は寡黙な方ですが、私のことをとても大事にしてくださいます。この頃は、私の拙い冗談にお笑いになられることもあるのよ。

ルッキーニ地方の治安も落ち着いていて、夏には新婚旅行代わりに湖沼地帯に夫婦で小旅行をしようと、話しています。

今からとても楽しみです。

また手紙を書きますね。

愛を込めて　　　　チェチーリア」

第四章　夏の光

ルッキーニの夏は短い。

年間の日照時間が少ないこの地方は、夏の太陽が恵みの光である。木々の緑は滴り、空は高く、農作物はぐんぐん育つ。人々が、こぞってバカンスに繰り出すのもこの時期だ。

「クラウディオ様、湖が見えてきましたよ、ああすごい、水面に小さな波が立ってます」

チェチーリアは馬車の窓から身を乗り出すようにして、彼方を指差す。

「馬車から落ちてしまうぞ」

クラウディオが慌てて馬車の中からチェチーリアの腕を引いた。

「それに、そんなにはしゃいだら到着する前に疲れ果ててしまう」

「平気です。なにを見ても初めてで、感動してばかりだわ」

チェチーリアは頬を染めてクラウディオを見返した。

クラウディオは目を細めて、そんなチェチーリアの様子を見ていた。

初めての二人旅である。

クラウディオは仕事の予定を調整し、短い夏季休暇を取った。それを使って、チェチーリアと二人で小旅行に出ることにしたのだ。

チェチーリアにとって、観光で旅行に出かけるのは生まれて初めてのことだ。

今回は湖沼地帯への旅となった。チェチーリアはほんとうは、海というものを見てみたかった。旅行するなら海が見える地域に行きたいと、希望をしていた。

だがルッキーニは海から遠い山岳地方なので、クラウディオの判断で大きい湖がある地方への旅行になったのだ。それでも、チェチーリアには感激ひとしおであった。

「この景色、兵長にも見せたかったわ。いつもは兵長が護衛につくのに、今回はお留守番なのですね」

「あいつが同伴したら、くだらぬ冗談ばかり言うので楽しめるものも楽しめぬ」

最近フェデリーゴの名前を出すと、クラウディオは必ず不機嫌そうになる。どうやら、口が上手いフェデリーゴとチェチーリアが気安く話をするのが気に入らないらしい。初めのうち、どうしてそんなに不愉快そうになるのか理解できなかったが、ある時フェデリーゴが、

「男のヤキモチほど醜いものはないですぜ、伯爵殿」

とクラウディオに言い放った時、彼が言い返せなかったのを見て、もしや、それは当た

っているのかと思った。

クラウディオがチェチーリアのことで嫉妬したりするものだろうか。おそらく、夫として妻に貞淑を求める気持ちから来ているのだろう。それでも、クラウディオがチェチーリアに対して独占欲のような気持ちを持ってくれるのは、ちょっとこそばゆく嬉しい。

「旦那様、奥様、別荘に到着です」

御者が声をかけてきた。

カニーニ家はルッキーニの各地に別宅を置いてある。主に領主が視察旅行をする際の宿泊に使うためである。今回は、湖の側の別宅を拠点にし、夫婦で近隣を観光して回ることにしていた。

湖畔に建てられた別宅は古城を改築したもので、石造りで小さいながら四つの尖塔に囲まれた趣のある建物だ。

馬車が近づくと、門前の小屋から管理人夫婦が現れて出迎えた。がっちりした夫と丸々とした人のよさそうな妻である。

クラウディオとチェチーリアが馬車を降りると、

「伯爵様、奥様、ようこそおいでくださいました」

夫婦は深々と頭を下げて挨拶をした。

「テオ、マジョリー、今年は妻を同伴した。一週間ばかりだが、よろしく頼む」

管理人夫婦と顔馴染みのクラウディオは気さくに声をかけた。

テオは二人の旅行鞄《かばん》を軽々と担ぐと、屋敷の中に運んでいく。

チェチーリアははにかみながらマジョリーに挨拶する。

「初めまして、チェチーリアです」

マジョリーはかしこまった。

「なんとお美しい奥様でしょう。旦那様、ご結婚おめでとうございます」

「ありがとうマジョリー。夕飯にお得意のほうれん草のパイを頼む」

クラウディオの言葉に、マジョリーは頬を染めて答える。

「お任せください」

クラウディオはチェチーリアに耳打ちする。

「彼女のほうれん草のパイは絶品だぞ」

「楽しみだわ」

部屋でひと休みしてから、夕食前に湖畔を散歩することにした。

チェチーリアは日傘を差し、クラウディオの腕に手を添えて並んで歩いた。

クラウディオは歩きつつ、観光案内をしてくれる。緑に囲まれた青い湖は、日光を反射してキラキラと宝石のように輝いている。

「このトーデン湖畔は、ルッキーニ地方でも一二を争う風光明媚な場所だ」

「湖といっても広いのですね。向こう岸があんなに遠いわ」

「桟橋があるだろう？　ボートにも乗れるぞ。まだ時間がある。ボートに乗ろうか」

「え？　私、舟に乗ったことがないんです。少し怖いわ。泳げないし」

「乗ったことがないなら、なおさらボートに乗ろう」

クラウディオはすたすたと桟橋まで先に歩いて行くと、繋いである幾つかのボートから一艘《いっそう》を選んで、ひょいと飛び乗った。彼はチェチーリアを振り返り、手を差し伸べた。

「おいで」

仕方なくチェチーリアは桟橋の端まで来たが、小さなボートを見ると怯んでしまう。

「こ、怖いわ。落ちそう……」

「大丈夫だ、私の手をしっかり握って、さあ」

促され、おそるおそる右手を預ける。

「一、二、三で、一歩前に踏み出すんだ。いいかい、一、二、三」

間髪入れず声をかけられ、チェチーリアは目を瞑《つむ》ってボートに飛び乗る。クラウディオが身体で受け止めてくれるが、ボートはぐらぐらと揺れた。

「きゃあっ」

「暴れないで、腰を下ろして」

言われるまま席にしゃがみ込んだ。揺れがおさまって、ほっと息を吐く。クラウディオは向かいの席に腰を下ろすと、上着を脱いでシャツの袖を捲り、オールを握る。

「それじゃ、漕《こ》ぐぞ」

彼がぐいっと一漕ぎすると、ボートがすーっと水面を進んだ。

「ああ……」

チェチーリアはおずおずと顔を上げた。

クラウディオは左右のオールを器用に捌《さば》き、湖の真ん中へぐいぐいと漕ぎ出す。

「すごい……水の上だわ」

チェチーリアは感嘆の声を漏らす。

「クラウディオ様、私、水鳥になったみたい」

ようやくボートの動きに慣れたチェチーリアは、空を仰ぐ。水面を渡る風が爽やかだ。

「空も湖も青くて、なんだか青に溶けてしまいそう」

クラウディオは風に髪をなびかせているチェチーリアの姿を、好ましげに眺めている。

「気持ちいいだろう」

「ほんとうに」

チェチーリアはそっと水面に触れてみる。

「あ、冷たいっ」

「夏でも水温は十五度ほどだからな。冬にはここが一面凍る」

「氷になるのですか？」

「そうだ、湖を歩いて向こう岸へ渡れるのだ」

「すごいわ、季節によって景色が変わるのですね」

「そうだ。また冬に来ようか」

「ええぜひ」

「しかし、せっかく夏に来たのだからな。泳がない手はないな」

クラウディオはそうつぶやいたかと思うと、やにわにシャツを脱ぎ始める。

「な、なにをなさるの？」

「泳ぐんだよ」

クラディオは平然と言い、上半身裸になった。

「ま、待って――」

止める間もなく、クラウディオはボートから仰向けにどぼんと湖に飛び込んでしまった。

「きゃっ」

その勢いで、ボートが大きく揺れ、チェチーリアは慌てて手すりに摑まった。

クラウディオはぷかぷかと仰向けに浮いている。

「いい気持ちだ」

「戻ってきてください、クラウディオ様、戻って――」

チェチーリアはおろおろしながら声をかける。

「大丈夫だよ」

クラウディオは背泳ぎで、すいすいとボートの周囲を泳ぎ出す。泳ぎなどしたこともないチェチーリアは、呆然と見ているばかりだ。

と、ふいにごぼりとクラウディオの姿が水中に沈んだ。

「あ?」

チェチーリアは驚いて水面を見回した。湖底からこぽこぽと泡が浮かんでくる。ボートの端にしがみついて目を凝らすが、深い水面下はなにも見えない。

「クラウディオ様、クラウディオ様」

呼びかけるが反応がない。

溺れてしまったのか。

すうっとお腹の底が冷えるような恐怖に襲われる。一人ボートに取り残されては、助けを呼ぶこともできない。

「ああ、誰か、誰か、助けて……」

半泣きになってボートの上でがたがたと震えていた。

ふいにごぼごぼと水面に泡が立ち、ざばっと水煙を上げて、クラウディオが浮かび上がった。

「あ――」

チェチーリアはへなへなとボートにへたり込む。

「驚いたかな？　潜水も得意なんだ」

クラウディオは水面に顔を出し、にこりとした。

「もう……っ」

チェチーリアは安堵のあまり、涙が溢れてくる。

「ひどいわ、脅かして。私、生きた心地もしなかったです」

「ふふ――驚かせすぎたかな」

「人が悪いわ、知りませんっ」

ぷいっと顔を背けて膨れる。

「そう怒らないでくれ。このまま桟橋まで戻ろうか」

クラウディオはボートの後尾に手を掛けると、泳ぎながら押し始めた。なんと器用に泳ぐのだろう。クラウディオの身体能力の高さが羨ましい。

「――すごい」

「どうだ、人力ボートだ」

ボートはぐんぐん進んでいく。

チェチーリアはだんだん楽しくなってきた。

「泳ぐのって、少しだけ面白そうですね」

「そうだろう？　明日、浅瀬で泳ぎを教えてあげよう。確か荷物に女性用の水着を入れさせたはずだ」

「え、いえ、いいです、遠慮します」

「そう言うな。せっかく湖に来たのだ。そうだな、明後日は森の方に狩りに行くか。猟銃の撃ち方も教えてやろう」

「いえいえ、そんな物騒な。私は兵士じゃありませんから」

「なにもかも、初めてだろう。なんでも挑戦するべきだぞ。乗馬も教えるか」

「そんなに……」

チェチーリアは少し呆れ顔で、力強く泳ぐクラウディオの姿を見つめた。

普段の彼とは違い、ずいぶんと開放的だ。

もしかしたら、いつもは辺境伯としての重圧を背負って、冷静に厳しく振る舞っているだけなのかもしれない。

ほんとうの彼は、ちょっと子どもっぽいところや茶目っ気すらあるのだ。

チェチーリアにだけ見せる、彼の知らない一面。

それがとても嬉しくて、じんわりと心が甘く蕩けてくる。

短い二人だけの休暇だ。楽しまないでどうする――そう思い直した。

「わかりました。泳ぎも銃も乗馬も、全部教えてください」

クラウディオの目が輝く。

「そうか」

「ええ。帰宅する頃には、兵長も真っ青な女兵士になりますわ」

「いいね、その意気だ」

「ふふっ」

桟橋が目の前に近づいてくる。

チェチーリアは清々しい空気を胸いっぱいに吸い込んだ。

その日の夕食は、この地で採れた新鮮な食材を使った、素朴だが美味な料理が並んだ。特にクラウディオから聞かされていたマジョリーお得意のほうれん草のパイはチーズをたっぷり使ったサクサクとろとろの食感で、お代わりをしてしまったほどだ。

その晩は旅の疲れもあり、愛を交わすこともなく二人ともぐっすりと眠った。

翌日は、湖畔の浅瀬でクラウディオから泳ぎを教えてもらうことになった。女性はみだりに人前で肌を出す習慣がないので、水着といってもチュニックを重ね着し、膝下までのブルマーを穿くスタイルだ。それでも、素足を出すのはとても気が引ける。

湖畔にテオに立ててもらった天幕の中から、なかなか出ていくことができないでいた。

「チェチーリア、早くおいで」

外からクラウディオがしきりに呼ぶ。

「休暇の間は、湖畔はカニーニ家が貸切にした。私たちしかいないから、心配しないで出ておいで」

そう言われ、思い切って天幕から出た。

水際で、クラウディオはトラウザーズ一枚の姿で待ち受けていた。筋肉質の肉体が眩しい。おずおずと近づくと、クラウディオが両手を差し伸べた。

「まず、水に慣れよう」

「はい」

クラウディオに手を引かれ、そろそろと浅瀬に足を踏み入れた。ひんやりとした水の感触は、思ったよりずっと心地よい。ぱちゃぱちゃと足で水を跳ね返すと、童心に戻っていくようだ。膝までの深さに来ると、

「急に水に浸かると心臓に悪い。こうやってよく身体を濡らすんだ」

そう言ってクラウディオが片手で自分の身体に水をかける。その真似をして、屈んで上半身を濡らしてみる。

「よし、では私の両手をしっかり握って。もっと深みに行くぞ」

「は、はい」

胸までの水深に来ると、クラウディオが片手を握ったまま、もう片方の手でチェチーリ

アの腰を支えるようにした。

「このまま身体を寝るように水平にするんだ」

「え、や、そんな無理……」

「大丈夫、力を抜けば自然に浮く」

さすがに怖くてぎゅっとクラウディオの手を握りしめた。

「手、手を離さないでくださいね」

「離さないよ」

お腹の下をクラウディオの手が支えてくれているので、思い切って前に身体を伸ばすようにすると、ふわっと足が浮いた。

「あっ、きゃっ」

「浮いたな、そのまま進むぞ」

クラウディオがゆっくりと後ろ歩きをした。

「うまいぞ、チェチーリア」

クラウディオに支えられしばらく水中を移動すると、

「よし、お腹から手を離すぞ」

「や、沈んでしまいます」

「私の両手を握って腕を前に伸ばし、足を上下に軽くバタバタしてごらん、顔を上げすぎると沈むから、なるだけ水面に近くして」

するりとお腹の下の手が抜け、両手を握られた。一瞬身体が沈みそうになり、狼狽える。

「やあ、怖い、あ、あ、あ」

「そのままの体勢で、そら、足をバタバタだ」

「こ、こうですか?」

顔に水がかかるのが怖くて目を瞑って、言われた通りに動いてみる。足を動かすと、身体の浮き方が安定した。

「そうだうまいぞ、そのまま進もう」

クラウディオはゆっくりと移動していく。

激しい運動をしなれていないチェチーリアは、息が上がってきた。

「はあ、はあ……」

「よし、浅瀬に戻ろう」

ぐるりとクラウディオが岸辺に向きを変えた。腰くらいの深さまで来ると、

「足をつけて」

「は、はい」

ゆっくりと足を下ろした。

「はあ……」

チェチーリアはふらふらしながら岸辺に上がり、その場にへたり込んだ。

「初めてにしては上出来だ。あなたは才能があるぞ。もう一回水に入るか？」

「いえ、もうくたくたです」

「そうか。では私はひと泳ぎしてくるかな」

そう言うと、クラウディオは向こう岸に向かって豪快に手足を動かして泳いでいく。みるみる遠ざかる姿を、チェチーリアはうっとりと見つめていた。まるで生まれた時から水中で生活しているみたいだ。

あんなふうには絶対に泳げそうにないが、今日、泳ぐまねごとだけでもできたことに、チェチーリアはとても満足していた。

もし、王城の離れで暮らしているままだったら、死ぬまでこんな体験をすることはなかったろう。

水泳だけではない。

クラウディオと結婚して、チェチーリアの人生はなんと豊かになったことか。

楽しいことも嬉しいことも苦しいことも悲しいことも、クラウディオと一緒ならなにもかもが愛おしいと思える。これまでもそしてこれからも、ずっと――。

日毎に、クラウディオへの愛が募る。

これまでずっと、この恋情を胸の奥に閉じ込めてきた。王家の身内という箔付が欲しくて、クラウディオがチェチーリアと結婚したことは承知している。だから、彼から愛されようとは思わない。ただ、夫としてクラウディオが誠意を示してくれるだけで嬉しい。

そう、自分に言い聞かせてきたのに――。

彼に愛されたいと願う気持ちが抑えられない時がある。

きっと、あまりに今の生活が幸せだから、クラウディオが素敵だから、もっと欲しいと思ってしまうのだ。それは贅沢すぎる。欲張って望みすぎて、すべてを台無しにしたくはない。

向こう岸に泳ぎ着いたクラウディオが、ターンしてこちらに戻ってくる。少しもスピードが落ちていない。さすが、バニーニョ王国も一目置く「黒狼辺境伯」だ。

チェチーリアは立ち上がると、クラウディオに向かって大きく手を振った。

翌日は、クラウディオと森に猟銃の試し撃ちに出かけた。

歩きやすい軽いドレスに長袖の上着を羽織り、スカート下に薮《やぶ》の棘《とげ》や虫刺されよけに長ズボンを穿き、底が厚い革のブーツを履いた。

クラウディオはぴったりした革の上着にベスト、アーガイル模様のニッカボーカを穿き、ハンチング帽を被っている。いつものかっちりした軍服姿に馴染んでいるので、こういう伊達《だて》男のような姿はとても新鮮だ。

クラウディオは猟銃を背中に担ぎ、チェチーリアの手を引きながら森へ分け入る。

「鹿やウズラなど狩猟がしたいところだが、あなたは血生臭いのは好まないだろう？」

「そうですね……やはり目の前で生き物が死ぬのは辛いです」

「そう思ったから、この先の少し開けた空き地で的を狙ってみようか」

クラウディオの気遣いが嬉しい。

空き地に出ると、クラウディオは木の切り株の上に背嚢からリンゴを出して置いた。

「あれを狙おう。赤いから見やすいだろう」

「は、はい」

二人は切り株から十メートルくらい離れた。クラウディオはチェチーリアに猟銃を握らせた。ずっしりと重い。チェチーリアの背後に回ったクラウディオは、チェチーリアの手の上から自分の手を添えた。

「肩に担ぐようにして、しっかり持って」

「は、はい」

「筒先は動かさないようにして、照準のここをリンゴに合わせて狙うんだ。撃鉄は私が起こすから、合図したら引き金を引いてごらん」

「こ、怖い――自分の足でも撃ってしまいそう」

「大丈夫。ほら私がこうしてしっかり支えているから、暴発などしないよ」

「はい」

心臓がドキドキする。

息を詰めてリンゴを狙う。

クラウディオがガチッと撃鉄を起こした。

「よし、今だ」

思い切って引き金を引いた途端、ものすごい反動で身体が吹っ飛びそうになり、激しい爆発音に耳がキーンと鳴った。ただ、反動はクラウディオが身体で受け止めてくれた。

「きゃあっ」

凄まじい衝撃に銃身を握った手が痺れ、頭がくらくらした。

「なかなかうまいぞ。銃身がぶれなかった」

クラウディオがチェチーリアの背中を優しく撫でた。

「ああびっくりしました。こんな怖い武器、私にはとても使えないわ」

チェチーリアはまだ鼓動が速い心臓のあたりを手で押さえながら、猟銃をクラウディオに返した。

「そうでもない。見てごらん」

「え？」

切り株の方に目をやると、リンゴが見えない。

「ええっ？　命中したのですかっ？」

「そうだ」

チェチーリアは急いで切り株に駆け寄った。リンゴは周囲にバラバラになって飛び散っていた。確かに命中したようだ。

「わあ、すごい、当たったわ、クラウディオ様、当たりました」

チェチーリアは喜びのあまり、その場でぴょんぴょんと飛び上がった。

「あなたは名スナイパーになれる才能があるかもしれないな」

クラウディオは猟銃を側の木に立てかけると、笑みを浮かべながら歩み寄ってきた。

「うふふ」

チェチーリアはニコニコしながらクラウディオを見上げる。

「ふ──少女のようだな、チェチーリアは」

クラウディオは目を細め、顔を寄せてきた。口づけされると感じ、チェチーリアが瞼を閉じた瞬間である。

「動くな！」

鋭い男の声がした。バニーニョ語だった。結婚してから、チェチーリアはルッキーニと国境を接しているバニーニョ王国のことを自発的に学んでいた。語学も勉強していた。

チェチーリアはハッとして周囲に目をやった。

銃を構えた数人の男たちが、茂みの向こうからこちらに狙いをつけている。このあたりでは見慣れない服装だ。バニーニョ人だ。

クラウディオは咄嗟《とっさ》にチェチーリアを庇うように、自分の背後に押しやる。チェチーリアは恐怖で足が震えた。

クラウディオはちらりと木に立てかけてある猟銃を見遣った。

「おっと、動かないでもらおうか。『黒狼伯爵』」

男たちが銃を構えたまま進み出てきた。

男たちは殺気立っている。

クラウディオはじっと彼らを凝視した。

「バニーニョ人だな」

「その通りだ。我々は先の国境紛争で、おまえの軍隊に村を焼かれた」

一番前にいる若い男が、憎々しげに言った。

「おまえのせいで、村人たちは家も畑も失った。この恨みは忘れん」

「──私が村に火を?」

クラウディオが不審そうな声を出した。

「そんな命令は出さぬ」

若い男が怒りで目をカッと見開いた。

「嘘をつけ！　おまえは冷酷で残虐な男だ！　俺たちはおまえに復讐《ふくしゅう》する機会をずっと窺

っていたんだ！」

男たちはじりじりと迫ってきた。

チェチーリアはクラウディオの背中にぎゅっとしがみついた。ここで殺されるのなら一緒に死のう、そう覚悟をした。

「ところで、よく私がこの地に来ていることがわかったな。身内の旅行で公にはしていないのに」

クラウディオの声はあくまで冷静だ。

「ふん、情報をくれた者がいたのさ。ここなら、おまえたち二人だけになるからと。千載一遇の機会だ。伯爵、ここで死ね」

男たちが銃を構え直す。チェチーリアはぎゅっと目を瞑った。

「私を殺したいならそれでもかまわぬ。だが、妻は関係ない。彼女だけは逃してほしい」

クラウディオは落ち着き払って言った。

「無抵抗な女性を撃ち殺すことはないだろう」

男たちは目配せをし合った。若い男がうなずく。

「よかろう。奥方は伯爵から離れるがいい。ただし、助けを求めに走ったりしたら、容赦なく撃つ」

クラウディオはチェチーリアの腕を摑み、前に押し出した。

「私から離れるんだ」

「いやです！」

チェチーリアはクラウディオの袖を摑んだ。

「私はあなたの妻です。あなたを見捨てて逃げたりしません！」

「チェチーリア、言うことを聞け」

「いやです。だって、クラウディオ様がむやみに村や畑を焼いたりする人ではないって、私は知っていますから」

チェチーリアはバニーニョ人たちに向かって訴えた。

「クラウディオ様はこの地を、そこに暮らす人々を愛しています。ルッキーニはバニーニョ国と地続き、たとえ紛争が起ころうと、クラウディオ様が土地に住む人々を襲ったりするはずないわ！　きっと、何かの間違いです！」

チェチーリアは両手を広げ、クラウディオの前に立ち塞がった。

「撃つなら私も一緒に撃ってください！」

楚々としていかにも弱々しげなチェチーリアが、凜としてクラウディオの前に立ち塞がった姿に、男たちは感銘を受けたような表情になった。

だがクラウディオは初めて感情を剝き出しにした。

「馬鹿者！　言う通りにするんだ！」

彼は大声で怒鳴りつけた。これまでクラウディオに怒られたことがなかったチェチーリアは、びくりと肩を竦めた。クラウディオはハッとしたように表情を変え、子どもに言い聞かすような口調になった。

「頼むから、あなただけでも助かってくれ」

「クラウディオ様……」

チェチーリアは声を震わせた。

クラウディオの思いやる気持ちは痛いほどわかる。だが、首をきっぱりと横に振る。そして、男たちに向かって切々と訴えた。

「ほんとうに、クラウディオ様の軍があなたたちの村を襲ったのですか？　なにかの間違いではないのですか？」

一番若い男が、鼻で笑った。

「ふん、確かに青服のオベルティ軍が我が村を襲い、オベルティ語で命令する声を聞いたんだ。『火を放て《アウルオビナーゼン》』とな」

ぴくりとクラウディオが表情を変えた。彼は鋭い眼差しで若い男を睨む。

「『火を放て』ともう一度言ってみろ」

若い男は顔を顰めた。

「どういうつもりだ？　――アウルオビナーゼン」

クラウディオの青い目がキラリと光った。

「違う。正しくは、ハウルホビナーゼン、だ」

「え?」

「バニーニョ国の人間は『H』を発音しない。『ハル』は『アル』に『ホラ』は『オラ』となる。おそらく、我が軍に扮《ふん》したバニーニョ軍が、撤退する際に、我が軍に物資を奪われないように村や畑に火を放ったのだ。それをいかにも我が軍が行ったように見せかけるため、オベルティ語を使ったのだろう」

男たちはわずかに動揺したように、顔を見合わせる。彼らは口の中でオベルティ語を発音してみると、顔色を変えた。クラウディオの考え通りだったようだ。

若い男がわずかに銃身を下げたが、表情は硬かった。

「確かに一理はある。だが、そんなものは憶測だ、俺たちの村が焼かれたことに変わりはない。おまえらが戦争を起こしたんだ。責任を取ってもらう。おいっ、かまわん撃て」

男たちが銃を構え直し、撃鉄を起こそうとした。

チェチーリアはお腹の底から死への恐怖が迫り上がってきたが、一歩も引くまいと唇を噛みしめた。すると、背後からクラウディオがそっと腕を引き、チェチーリアにだけ聞こえる声でつぶやいた。

「チェチーリア、三つ数えたら地面に伏せるんだ」

「え──は、はい」

クラウディオの意図ははかりかねたが、彼の言う通りにしようと決意した。

「一、二、三──」

チェチーリアはぱっと地面に伏せた。同時に、どこからかフェデリーゴの怒号が響き渡った。

「バニーニョ人、銃を捨てろっ！　おまえたちは完全に包囲されている！」

男たちがギョッとしたように動きを止めた。

チェチーリアは思わず顔だけを上げて周囲を見回す。

いつの間にか、銃を構えたオベルティ守備隊兵たちが、ぐるりと包囲している。

「動くなよ！　少しでも動いたら、蜂の巣にする！」

フェデリーゴは銃を構えたままゆっくりと歩み寄り、木に立てかけてあったクラウディオの銃を片手で摑むと、さっとこちらに放った。クラウディオはそれをはっしと受け取り、素早く若い男の額に照準を合わせた。

「言われた通りに銃を捨てろ。貴様より早く、私の弾がおまえの頭を吹っ飛ばす」

低く地を這うような恐ろしげな声であった。

「う──くそぉ」

男たちはがっくりと肩を落とし、次々に銃を地面に捨てた。

目にも止まらぬ速さでオベルティ兵士たちが飛び出してきて、男たちを後ろ手に取り押さえた。

「もう大丈夫だぞ」

クラウディオはチェチーリアを抱き起こした。チェチーリアはまだなにが起こったか理解できず、クラウディオの腕に縋りつくのが精いっぱいであった。

フェデリーゴが銃を下ろし、こちらに駆けつけてきた。

「伯爵殿、奥様、お怪我はありませんか？」

クラウディオがうなずく。

「大事ない。だが、間一髪だったぞ」

「伯爵殿が、できるだけ遠巻きで警護しろなどと言うからですよ。森に不審な男たちが入っていった時には、肝を冷やしましたぜ」

フェデリーゴが非難めいた口調で答えた。

「しかたあるまい。せっかくの休暇を、おまえの軽口で台無しにされたくなかったからな」

「ひどい言われようだなあ。せっかくお助けしたのに」

やっと気持ちが落ち着いてきたチェチーリアは、二人の会話に目を丸くした。

「そ、それじゃあ、初めから兵長たちは私たちの護衛をしてくれていたのね？」

「もちろんですよ、奥様。お二人の身になにかあったら、国家的損失ですからね」

「じゃあ、私たち、ずっと見られて……」

チェチーリアは頬が赤らむのを感じた。水泳したり銃を撃ったりと、羽目を外しているところを全部見られていたのかと思うと、恥ずかしくて堪らない。

フェデリーゴはにやにやした。

「お二人がいちゃいちゃしているところをお邪魔する気は、さらさらありませんよ」

「黙れ」

クラウディオが凄みのある声を出すが、フェデリーゴは平然としている。

「ところで、捕らえたバニーニョ人たちはどうします？　この場で処刑しちゃいますか？」

チェチーリアはハッとしてクラウディオに顔を振り向けた。

「そんなことをしては、だめです！　あの人たちにもやむにやまれぬ事情が――」

クラウディオが重々しくうなずく。

「わかっている。あれは兵長のいつもの軽口だ」

彼はおもむろに、縄をうたれて跪《ひざまず》かされているバニーニョ人たちに近づいた。

若い男がキッと顔を上げ、口惜しそうに喚いた。

「殺せ！　『黒狼伯爵』め！」

クラウディオはじっと彼らを見下ろした。長身で強面の彼は威圧感が半端ない。クラウディオは表情を変えずに言う。

「おまえの村は、死人が出たのか？」

若い男はなにを言うのだろうという顔をした。

「いや――我々は戦火を避け、山奥へ避難していた」

クラウディオの顔が柔らかく解ける。

「そうか――それは不幸中の幸いだ」

クラウディオは膝を折り、若い男と目線の高さを同じにし、ゆっくりと続けた。

「村の名は？」

「――ピレオ村だ」

「ルッキーニの西の国境沿いの村だな」

若い男が目を丸くした。

「あんた、敵国の村の名前まで把握してるのか？」

クラウディオはうなずいた。

「一般民はできるだけ巻き込まないように心している。ピレオ村のために、私から資金援助をしよう。焼けた家屋や畑は、いずれ再建できる」

「なんだって？」

バニーニョ人たちは全員驚いた顔でクラウディオを見た。クラウディオはゆっくりと立ち上がる。

「バニーニョ国は敵ではない。同じ大地に共存している人間同士だ。諍《いさか》うのではなく、力を合わせるべきだと私は思っている」

クラウディオはバニーニョ人たちに静かに告げた。

「おまえたちは私の妻を襲った。それ相応の罰を受けさせる。だが、いずれ故郷へ戻す。それまでに、ピレオ村をできる限り再建させよう。約束する。そして、私は両国は戦争をするべきではないと、ずっと中央に訴えている。必ず、この意志は貫くつもりだ」

バニーニョ人たちは感に堪えないといった様子でクラウディオを見つめた。

若い男が声を震わせた。

「伯爵殿――我々の軽率な行動を謝罪します」

クラウディオはうなずいた。

「わかればいい」

一部始終を見ていたチェチーリアは、感動で胸がいっぱいになった。

クラウディオ以外に、この地を治めるのにふさわしい人物はいない。

なんて高潔で立派なのだろう。

「クラウディオ様……」

チェチーリアは彼に歩み寄ると、気持ちを込めて見上げた。

クラウディオは目を細めて見返してきた。

「大変な一日になってしまったな。今日はもう屋敷に帰ろう。マジョリーに湯を沸かしてもらい、ゆっくり湯浴みをするといい。その後、夕食にしよう」

「はい」

二人はどちらからともなく手を握り合った。

「伯爵殿、我々はこいつらを最寄りの警察署へ送り届けてきます。その後、再び警護にあたります。奥様、あなたは伯爵を置いて逃げなかった。感嘆に値します。どうかゆっくりお休みください」

フェデリーゴが敬礼した。彼の顔にはチェチーリアへの畏敬の念が浮かんでいた。

「ご苦労」

クラウディオも敬礼を返す。そしてチェチーリアを促した。

「では行こうか」

「はい」

二人は守備隊兵たちと別れ、ゆっくりと湖畔の屋敷へ歩き出す。

チェチーリアはクラウディオにもたれながら、ほうっとため息を漏らした。

「クラウディオ様が無事でよかったです」

「チェチーリア」

クラウディオが改まった声になった。

「あなたはとても勇気があり、気高い。私を庇って前に立ち塞がったあなたは、まるで戦の女神のように凛々しかった」

「え、いえそんな――私、夢中で……」

「あなたは私が最初に思っていた人とは違う。楚々としてか弱そうに見えるが、強い生命力と勇気を秘めている。私はとても心打たれた」

「……クラウディオ様」

クラウディオが不器用な言葉で褒めてくれると、心の底から喜びが湧き上がってきた。

ぴた、とクラウディオが足を止めた。

彼は目の前に広がる湖畔を指差した。

「ごらん、みごとな夕景だ」

「まあ……！」

オレンジ色に燃える夕陽が湖の向こうにゆっくりと沈んでいく。水面も夕日に照り映えて、キラキラと輝いていた。

「綺麗……」

チェチーリアは息を詰めて絶景に見惚れていた。

日没をじっと見つめていたクラウディオが、ぼそりとつぶやいた。

「——している」

「え?」

よく聞き取れず、チェチーリアは聞き返した。

と、ふいにぎゅうっと抱きしめられた。

クラウディオはチェチーリアの髪に顔を埋め、深い声で言った。

「あなたを、愛している」

「っ——」

我が耳を疑う。

まさか、そんなこと——。

心臓が早鐘を打ち、全身の血がかあっと熱くなる。

クラウディオは繰り返す。

「愛している、チェチーリア、愛している。これほど誰かを愛しいと思ったことはない」

「クラウディオ様……」

チェチーリアの身体中に曇りのない愛情が広がっていく。

唇が震えて、なかなか声にならない。

「わ、たしも……」

チェチーリアは甘い吐息と共に、ずっと胸の奥に隠していた気持ちを告げる。

「愛しています」

ぱっとクラウディオが顔を離し、まじまじとチェチーリアの顔を見つめた。動揺を隠し切れないといった表情だ。

「まさか――あなたが私を？」

チェチーリアはまっすぐに彼を見返した。

「初めは『黒狼伯爵』の風評もあって、冷酷で怖いお方だと思っていました。でも、だんだん、あなたのほんとうの姿がわかったの。気高くて鋼のように強い志をお持ちで、でも繊細で優しいところもあって――北の辺境の地も、最初はとても暮らせないと思っていました。けれど、日々あなたと共に過ごしていくと、四季折々の生活がとてもたいせつなものに感じられるのです。もう、私の故郷はルッキーニだと思えるくらいに――だって」

チェチーリアは嗚咽が込み上げそうになり、涙を呑み込んで続けた。

「あなたを愛しているから。あなたの側に、この地に、ずっと暮らしていきたいの」

クラウディオがぐうぅっと小さく喉を鳴らした。彼は濡れた眼差しでチェチーリアを見つめた。

「チェチーリア――私も、ずっとあなたとここで生きていきたい」

チェチーリアの眦から、涙がほろりと零れる。

「嬉しい……愛しています」

「チェチーリア――」

再び強く抱きしめられ、チェチーリアも抱き返す。

誰かをこんなにも愛おしく恋しく思う日が来ようとは。

この人となら、どんな苦境も乗り越えていける。

クラウディオは両手でチェチーリアの顔を包み込むと、唇を重ねてきた。

「んんっ……」

彼は少し性急にチェチーリアの唇を吸うと、熱をはらんだ眼差しで見つめた。

「あなたが欲しい、今すぐに――」

余裕のない口調に、チェチーリアの下腹部がきゅんと疼く。

互いに愛を告白したせいか、クラウディオの口づけひとつ眼差しひとつでもとろとろと淫らに身体が開花してしまう。

「でも、お屋敷に戻って湯浴みをして――」

「かまわない」

そう言うや否や、クラウディオはチェチーリアを側の木の幹に押しつけた。

「あっ……」

再び嚙みつくような口づけを仕掛けられた。クラウディオの濡れた舌先が口腔に押し入り、チェチーリアの舌を搦め捕った。ぬるぬると舌が擦れ合う。

「んふぅ、はふぁ……」

激しい舌の動きに、血が熱くなり心臓の鼓動がドキドキいう。彼の興奮が伝染したのか、身体がみるみる昂《たかぶ》る。求めるように彼の舌に自分の舌を絡め、夢中で口づけを貪った。

クラウディオは深い口づけを繰り返しながら、身体を押しつけて強引にスカートをたくし上げ、下に穿いていたズボンをドロワーズごと引き摺《ず》り下ろしてしまう。

「ん、あ、あ、だ、め……」

まさか野外で——と狼狽えるが、彼の長い指が花弁をすうっと撫で下ろすと、それだけで腰がぞくぞく震えて淫らな悦びが胎内を駆け巡る。

「ここ、もうぬるぬるだ」

濡れた口づけの合間に、クラウディオが掠れた声でささやく。

確かに、触れられてもいないのにチェチーリアの秘部はしっとりと濡れてしまっていた。

媚肉がかっかと熱く火照る。クラウディオはくちゅりと蜜口に指を沈ませた。

「んぅ、あぁっ」

甘い痺れが背筋を駆け上り、チェチーリアは背中を仰け反らせた。

無骨な指が花弁をぬちゅぬちゅぬちゅと掻き回す。

「ふぁ、は、っふぁあ……」

口中を熱い舌で蹂躙《じゅうりん》され、陰部をいじられると、被虐的な悦びが全身を支配していくようだ。隘路の奥から新たな愛蜜がとろりと噴き零れ、陰唇がぐっしょりと濡れそぼった。

クラウディオはチェチーリアの溢れた唾液を啜り上げ、飢えた眼差しで見つめてくる。

「愛している」

「あぁ……」

感情のこもった言葉に、心臓が破裂しそうなほど高鳴る。

「私も、愛しています」

ようやく互いの気持ちが通じた。そう思うだけで、子宮の奥がきゅーんと締まり、軽く達してしまいそうなほど感じてしまう。

「奥が、ひくついている」

クラウディオの節高な指が二本揃って、ぬくりと膣腔に押し入ってきた。

「んんーっ」

濡れ襞の中で指がぐにぐにと性感帯をまさぐる。熱い官能の刺激に、腰が浮く。

「んあぁ、あ、だめ、あ、あ、あ……」

恥骨の裏側の感じやすい箇所を優しく押し上げられ、糖蜜みたいにじんわりと深い快楽が溶け出す。足ががくがくうち震え、立っているのもやっとだ。クラウディオの肩にしがみつき、息を乱す。

「はぁっ、あ、クラウディオ様……」

潤んだ瞳で見上げれば、クラウディオは獣のような凶暴な眼差しで見返してきた。

彼がチェチーリアに欲情している。求めている。

この世で彼の情欲を受け入れるのは自分だけだと思うと、この上ない満足感と淫らな支配欲に媚肉がきゅんきゅんと収縮する。

もう愛液ははしたないほど溢れ、太腿を伝い膝まで流れていく。

ぬるりと指を抜いたクラウディオが、欲望に掠れた声でささやく。

「もう、欲しい」

チェチーリアはコクリと小さくうなずく。求める気持ちは同じだ。

クラウディオは手早く自分の前立てを解放する。

彼は性急に、凶悪なほど太くそそり勃った陰茎を引き摺り出す。その灼熱の肉楔を目にしただけで、チェチーリアの媚肉は痛いほど蠢動《しゅんどう》する。

クラウディオはさらにスカートをたくし上げ、チェチーリアの右足を抱えて大きく陰部を開かせた。ぱっくり開いた花弁に、熱を持った肉棒の先端があてがわれる。

「あ、あぁ、あ」

傘の開いた先端が花弁をぬるぬると擦るだけで、次に与えられるであろう快楽の期待に全身がおののいた。

「ここが誘って吸い込んでくる」

「や……言わないで」

「あなたも私が欲しいんだね」

耳元で色っぽい声でささやかれ、耳孔から下肢にじーんと淫らな痺れが下りていく。

チェチーリアは両手をクラウディオの首に巻きつけ、妖艶な表情で答えた。

「もう、来て……欲しいの」

「チェチーリア――っ」

灼熱の欲望が、ずぶりと蜜腔を貫いた。

「ふ、あああ、あぁあっ」

熱い衝撃で目の前が揺らぎ、与えられた快楽に熟れ襞が蠕動《ぜんどう》した。

「すごく熱い――」

クラウディオが息を乱し、深く挿入したままずんずんと腰を繰り出す。

「はあっ、は、あぁ、あぁあ」

木の幹とクラウディオの身体に挟まれ、身動きもできない。彼の怒張に内臓まで串刺しにされたような錯覚に陥る。

「ああよく濡れて締まる――悦い、悦いぞ」

クラウディオは酩酊《めいてい》したような声を漏らしながら、腰を押し回してぐちゅぬちゅと蜜壺を撹拌《かくはん》する。そのたびに、泡立った愛蜜が掻き出されて、淫らに結合部を濡らしていく。

「はぁあ、あ、あぁ、奥……あ、深い、深いのぉ……」

感じ入るたびに、淫襞はぎゅうぎゅうと男の肉茎を締めつけてしまう。

「気持ち悦いか？　どこが悦い？　言ってごらん？」

クラウディオはぐいぐいと腰を穿ちながら、汗ばんだチェチーリアの額や頬や耳朶に唇を這わせた。

「やぁ、そんな……ぁ」

「口に出さないと、そこを突いてやらない」

「あぁん、意地悪……」

いつもは理性的なクラウディオが意地悪くなるのは、睦み合う時だけで、それにきゅんと乙女心を掻き乱される。誰にも見せないクラウディオの素の部分。彼が自分の肉体に溺れているのだとありありと感じられ、子宮の奥から悦びが湧き上がってくる。

「そ、そこ、もっと奥の……」

「ここか？」

クラウディオがずん、と腰を斜め上に突き上げた。

的確に感じやすい箇所を攻められ、甘重い愉悦に脳裏が赤く染まる。

「あっ、ああん、い、悦いっ」

感極まってぎゅうっと内壁が窄まる。その締めつけが気持ちいいのか、クラウディオが呼吸を乱した。耳元を悩ましく擽る彼の荒い息使いにすら感じ入って、チェチーリアの腰がびくびく痙攣した。

すでに理性は官能に支配され、野外ではしたない格好で睦み合っていることも忘れ果て、ひたすら情欲に溺れていく。

「ああ、おかしくなる……っ、もっと突いて、もっとぐちゃぐちゃにして……っ」

「いいとも、もっとおかしくしてやる、チェチーリア」

クラウディオは屹立を深く挿入したまま、チェチーリアの両足を抱え込んだ。

「あ、きゃぁっ」

身体が宙に浮き、チェチーリアは必死にクラウディオの首に縋りついた。

クラウディオはチェチーリアの身体を木の幹に押しつけたまま、腰の動きを加速していく。いきり勃った剛直が、がつがつと蜜壺を突き上げる。最奥まで抉り込まれ、チェチーリアの脳内を愉悦の衝撃が駆け巡る。

「ひぅっ、あ、こ、壊れ……て、あぁ、あぁ、許して、もう、あぁぁ」

チェチーリアはいやいやと頭を振り立てた。

「いやだと言いつつ、あなたの中は私を締めつけて離さない」

クラウディオはくるおしい速度で情熱的に、チェチーリアの濡れ襞を引き摺り出しては

押し入れる。それが堪らなく気持ちよくて、断続的に絶頂の波が襲ってくる。

「は、あぁん、あぁ、あん、もう、もう、ダメに、あ、やぁあぁっ、また、悦く……っ」

チェチーリアは無意識に両足でクラウディオの腰を挟み込み締めつけてしまう。そうすることで、さらに密着度が深まり、もはやどこからが自分でどこからがクラウディオなのかもわからない。淫らに燃え上がった肉体はひとつに溶け合い、喜悦の高みに向かって共に昇っていく。

「……も、もうっ、あぁ、もう、もう……っ、来て……っ」

チェチーリアは白い喉を仰け反らせ腰をうねらせ、絶頂の終わりが近いことを告げる。

「ああ達こう、一緒に――」

クラウディオは一心不乱に腰を使い出した。

「あぁあぁあぁ、あ、あ、達くぅ、あぁあ、達くぅぅぅ……っ」

最後の高みに昇り切り、チェチーリアは長く尾を引く嬌声を上げながら、全身を硬直させた。

クラウディオは荒々しい咆哮《ほうこう》を上げると、張り詰めた欲望を解放した。チェチーリアの最奥でクラウディオの肉棒がどくんと脈動し、次の瞬間、白濁の精がたっぷりと注がれた。

「……ぁ、あ、ぁ……ん……」

胎内が熱いものでじんわりと満たされていくのを感じながら、チェチーリアはゆっくりと快楽の頂点から下りていく。緊張が解けて身体が弛緩《しかん》していく。

だがまだ媚肉は絶頂の余韻に打ち震え、ひくんひくんとクラウディオの肉胴を断続的に締めつけている。

「はあ――チェチーリア、あなたは私にあつらえたように、ぴったりだ」

クラウディオがチェチーリアの耳朶を甘噛みし、艶めいた声でささやく。

「――愛している」

チェチーリアはあまりに幸せで、目頭が熱くなった。

「私も、愛しています……」

夕日の残照が消えるまで、二人は思いを込めて抱き合っていた。


その後、手をしっかりと握り合って帰路についた。

クラウディオは考え深い顔で切り出した。

「チェチーリア、聞いてくれるか？　今の私の胸の内を、打ち明けたい」

「はい」

「現女王は、領土拡大をしようと、国境に於いてバニーニョ王国軍との小競り合いを繰り返している。このままでは、一触即発の事態が起こりかねない。先ほどのバニーニョ人たちの件でつくづく感じた。その前に、私はなんとかして女王を諫め、気持ちを変えさせたい。それが叶わないなら、強硬な手段に出ることも考えている」

「強硬な手段、ですか?」

クラウディオがこちらに顔を振り向けた。恐ろしいほど真剣な表情だ。

「私は何年もかけて辺境地を統一し力を蓄えてきた。中央も私には一目置くようになった。そこで私は中央に上り、女王に退位を迫ることも考えている——無論、命を懸けてだ」

「っ——」

チェチーリアは息を呑んだ。彼は政変を起こすことも厭わないと考えているのだ。そこまでクラウディオが思い詰めているとは。

「あなたには義理の母にあたる方だが、私はこのまま全面戦争が起こるのを、手をこまねいて見ている気はない。今後、あなたにはいろいろ心労をかけるかもしれないが」

チェチーリアは瞬きもせずに彼を見返し、きっぱりと答えた。

「私はあなたの妻です。あなたの意志は私の意志です。この先、どのような事態になろうと、私はあなたを信じ、あなたについていくわ」

「チェチーリア——ありがとう」

二人の視線がきつく絡む。クラウディオの眼差しがかすかに潤み、まだなにか言いたそうな色合いを帯びたが、彼はそれ以上は語らなかった。

第五章　秋の嵐

愛を確かめ合った二人の仲は、さらに深まった。

夏の短い休暇から戻って以来、クラウディオはチェチーリアへの愛情を包み隠さず示すようになった。

朝食後、玄関ロビーまで見送りに出るチェチーリアの額に口づけをしながら、

「行ってくるよ、可愛いチェチーリア」

などとしれっと言うようになったのだ。

「伯爵殿、そういうぬけぬけとした態度は、俺の前でだけにしておいてくださいよ。部下たちの士気に関わる」

フェデリーゴの茶々にも、クラウディオは平然と、

「可愛いのだからしかたない」

と答える。

「うわあ——ごちそうさま」

さすがのフェデリーゴも鼻白んでしまう。

チェチーリアは恥じらって赤面するばかりだが、内心は嬉しくて堪らないのである。


ルッキーニの短い夏はあっという間に過ぎ、秋が訪れた。

収穫の季節である。

秋が来れば長い冬の足音はもうすぐに迫っている。

人々は休む間もなく、冬の支度と蓄えにいそしむ。

クラウディオは守備隊を率いて、各農村の収穫を手伝った。これは毎秋クラウディオが奉仕活動として行っている。地域に密着した統治を行っているクラウディオならではの活動である。初雪が来る前に、農作物をすべて収穫せねばならない。人手はいくらあっても足りないほどだ。

訓練の行き届いたクラウディオの兵士たちの協力は、どこの農村からも歓迎され感謝されていた。

チェチーリアは、毎朝暗いうちから出動するクラウディオと兵士たちのために何かできることはないかと、考えた。そこで、屋敷の侍女たち総出で、滋養の豊富な弁当を持たせることを思いついた。

チェチーリアは毎日クラウディオより早く起きて、侍女たちと厨房で人数分の弁当作りに励んだ。食べやすいようにサンドイッチにし、油紙できっちりと包装した。

　例年ならば、硬いビスケットの携帯食料で食事を済ませていた兵士たちには、毎日中身が変わるサンドイッチは大変喜ばれた。そのせいか、兵士たちの働きも一段とよくなった。

「あなたの弁当は大変ありがたいが、どうか無理だけはしないでくれ」

　クラウディオは、夜明け前から立ち働くチェチーリアの身体を気遣ってくれたが、

「私のことならご心配なく。ちゃんとお昼寝してますから」

と答え、彼を安心させた。

　ほんとうは、クラウディオが執務に赴いている間は、屋敷の冬支度のために責務に追われて、昼寝どころではなかった。けれど、クラウディオとこの地域の人々の役に立っているという誇らしさで、少しも疲れなど感じなかった。

　だが――遠くの山並みが初雪で白く染まる頃、二人の間に隙間風が吹くような事件が起こったのである。

　それは、屋中のカーテンを冬用の厚い織物に取り替えさせている時だった。

「後は、クラウディオ様の書斎だけね」

　チェチーリアは使用人たちに取り替え用の分厚いカーテンを運ばせた。重いカーテンを二人一組になって運び入れる。

「旦那様の調度品にぶつけたりしないように注意してね」

そう声をかけていたのだが、一人の使用人がうっかり書斎机に足を引っ掛けてしまった。がたんと机が大きく揺れ、机の上のものが床に落ち、引き出しが飛び出した。

「あっ、奥様申し訳ありません」

使用人が狼狽える。

「ここは私が片付けるわ。あなたたちはカーテンのかけ替えを始めてちょうだい」

チェチーリアはそう言い置いて、床に落ちたペンや封蠟《ふうろう》などを拾い集めた。

物持ちのいいクラウディオは、古びたペン軸やインク消しなどを愛用しているようだ。

今年のクリスマスには、新しいペン軸を贈ろうか、などと考えながら、飛び出した引き出しの中のものを整えた。

「?」

一番下の引き出しの、書類入れの奥に古ぼけたネックレスが仕舞い込まれてあった。金鎖にロケットが付いた女物だ。男らしいクラウディオが使うものではない。

思わず手に取ってしまう。ロケットの裏に王家の紋章が刻印されてあったのだ。それは、異母弟トーニオからもらった懐中時計にも刻まれてある百合《ゆり》の花の紋章と同じだ。このロケットは王家の人間の持ちものだ。

ロケットを開くと、中に赤子の肖像画が描かれてあった。目を凝らしハッとした。

肖像画の隅に小さく文字が書かれてあった。

『我が娘チェチーリア』

「⁉　私の名前……？」

では、この赤子の肖像画は自分なのだ。なぜこんなものをクラウディオが持っているのだろう。チェチーリアはじっとロケットを見つめた。

「我が娘――」

このロケットの持ち主は、死んだ母以外に考えられない。

クラウディオは母のことはなにも知らないと言っていた。それなのに、どうして母のロケットを持っているのだろう。

チェチーリアの胸にもやもやとした灰色の疑惑が湧き起こる。

お祭りの時に、村の老人たちが話していたことを思い出した。

母は事故ではなく暗殺された――？　それにクラウディオがなにか関わっているのだろうか。

「奥様、カーテンの高さはこんな感じでよろしいでしょうか？」

使用人が声をかけてきたので、チェチーリアはぎくりとしてさっとロケットを元の位置に戻し、引き出しを閉めた。

「そ、そうね。もう少し上にした方がいいかしら」

チェチーリアは仕事に集中して、余計なことは考えまいとした。しかし、一度頭の中に浮かんだ疑惑は拭えるものではなかった。

午後、休憩のお茶の時間になった。

チェチーリアの部屋に、マルロがお茶をのせたワゴンを押して入ってきた。

「奥様、お疲れ様でございますね。今日は、奥様の好物のマカロンを焼かせましたよ」

チェチーリアはお茶を淹《い》れているマルロをじっと見た。

「マルロ、あなたは先代の伯爵様の頃からこのお屋敷に勤めているのよね？」

「はい。クラウディオ様が誕生なさる少し前からでございます」

「それなら――クラウディオ様の少年時代、私の母がこの地で命を落としたことも知っているわね？」

マルロがぎくりとして茶器を取り落としそうになる。彼は顔を伏せて低い声で答えた。

「あれは――誠に不幸な事故でございました」

「ほんとうに、母は事故で死んだの？　母は殺されたのではないの？」

マルロはパッと顔を振り向けた。血の気が失せている。

「なにをおっしゃいますか？」

「クラウディオ様は、母の死になにか関係がおありなの？」

「なにを根拠にそのような――」

「村の年寄りたちが、そんな噂話をしていたのを耳にしたのよ。ただの噂なの？」

問い詰められたマルロは、ふいに表情を改めた。

「それならば、旦那様に直にお話しなさるべきでしょう。私の口からは、言うべきことではありません。でも、ひとつだけ申し上げるのなら、旦那様は心から奥様のことを想っておいでです。決して、奥様のお心を傷つけたりする人ではございません。それだけは、はっきりと言えます」

「――」

マルロの感情のこもった言葉は、チェチーリアの胸を強く打った。だが、クラウディオが母のことでなにか秘密を隠していることは確かなようだった。

夕刻、クラウディオが執務から帰宅した。

チェチーリアはいつも通りに玄関ロビーで出迎えた。

「ただいま。カーテンを模様替えしたのだね。いよいよ冬が来るという気分になるな」

クラウディオはチェチーリアの額にただいまの口づけをしようとして、ふと眉を顰めた。

「気分が悪そうだな？　なにかあったかい？」

クラウディオは勘が鋭い。チェチーリアは彼に嘘はつけないと感じた。

「あの――少し二人だけでお話がしたいの」

「わかった。では私の書斎に行こうか」

書斎に向かう二人を、マルロが気遣わしげに見送っていた。

書斎に入ると、チェチーリアは意を決して切り出す。

「今日、カーテンを取り替えている時、偶然、これを見つけてしまったのです」

チェチーリアは書斎机の一番下の引き出しを開け、ロケットを取り出してクラウディオに差し出した。彼の顔色がさっと変わった。

「それは――」

「これは、亡き母のものですよね？　なぜクラウディオ様がこれを持っておられるの？　母のことはよく知らないとおっしゃいましたよね？」

クラウディオの視線がわずかに泳ぐ。

「チェチーリア――」

「母は事故ではなく暗殺されたとの噂も耳にしました。それは事実なのですか？」

「――」

クラウディオが無言でいるのが答えなのだろう。喉元まで熱いものが込み上げてくる。

「なぜ、私に黙っていたの？　なぜ？」

クラウディオは絞り出すように言う。

「チェチーリア――あなたに話すには、あまりに辛い話で――」

「嘘はいや！　私たちは夫婦でしょう？」

声が引き攣った。クラウディオは小さく息を吐いた。

「わかった――話そう」

　彼は言葉を選びながら、ぽつりぽつりと話し出した。

「私は少年時代は痩せっぽちでひ弱だった。父伯爵は厳格な人で、私を常にきつく鍛錬した。しかし、私はなかなか父の期待に応えることができず、鍛錬が辛くて、よく森で孤独に泣いていたものだ」

　そんな少年時代があったのか。

「あなたの母上――前王妃様は、お一人で足繁く地方を巡っては慰問し、民たちに優しく労りのお声をかけてくださる方だった。今思うと、その頃は国王陛下は愛人に入れ込んでおり、王妃様は王城に居場所がなかったのかもしれない。ルッキーニを来訪された時、私はあのお方にずいぶんと慰められ励まされたのだ」

「母上が……」

「父に叱責され、森で泣いていた時にも優しく労って励ましてくださった――私は、きっとあのお方にほのかな恋情をいだいていたのかもしれぬ」

「――」

「王妃様がルッキーニを去る日、私はご挨拶したくてあのお方に会いに行った。お姿を探していたその時、王妃様が何者かと渓谷の崖で揉み合っている現場に出くわした」

「‼」

「私は弱虫だった。怖くて怖くて身動きもできなかったのだ。飛び出して、王妃様を救うこともできなかった。王妃様は曲者《くせもの》に突き落とされて、真っ逆さまに――」

「ああ――そんな！」

衝撃の事実を聞いて、チェチーリアは思わず両手で顔を覆った。

「私は衝撃を受け、ずいぶん経ってからやっと我に返って、現場に落ちていた王妃様のロケットを拾い、急いで街まで戻った。父に自分の見たことを伝えた。十日後、中央から送られてきた役人たちは王妃様のご遺体を引き上げることもできず、空手で王都に戻っていった。その一月後、王妃様は事故で崖から落ちて失命なさったと、王家から公式に発表されたのだ。私は驚愕《きょうがく》して、父に訴えた。その時、父は私にこう言ったのだ」

クラウディオはその時のことを思い出したのか、悲痛な声になった。

「父は中央から来た役人たちに、私の目撃したことを伝えた。しかし、これは事故であると厳しく言い含められたというのだ。王家は、王妃が何者かに殺されたなどという不祥事を伏せたかったのだろう。父は私に厳命した。王家に逆らっては辺境伯の地位など簡単に剝奪されてしまうと。この地を守りたいなら、沈黙せよと――私は――従うしかなかった」

「そんな……母上……あまりにお気の毒すぎる……」

チェチーリアは肩を震わせて啜り泣いた。

クラウディオは苦渋に満ちた声で続ける。

「その日から、私は変わったんだ。誰よりも強くなろうと決意した。王家が一目置くほどのひとかどの人物になろうと決めた。血の滲むような努力で文武に励んだ。そして、いつか王妃様を暗殺した者の正体を暴き、王妃様の屈辱を晴らし、残された娘のあなたのために命を捧げようと――この話は、盟友の兵長とマルロにしか打ち明けていない」

チェチーリアは涙に濡れた顔をキッと上げた。

「わ、私はもしかして、亡き母の代わりだったのですか？」

クラウディオが声を失う。

「クラウディオ様は母上のことをずっとお慕いになっておられて、母上への罪滅ぼしで私のことを娶ったのですか？」

「それは――」

クラウディオが口篭《ごも》った。

「初めは、そういう気持ちもあったかもしれない」

「っ――」

チェチーリアの胸に、嫁いできて初めてクラウディオに対する苛立ちが生まれた。彼がほんとうに愛していたのは、死んだ母だったのか。

「だが、今は違う。あなただけを愛している。心から、愛しているんだ」

クラウディオが縋るような表情でこちらを見つめた。こんな気弱な彼は見たことがない。

「私にずっと、真実を隠していたのに？　命日には必ず花を手向けるほど、母を想っていて。クラウディオ様は母の身代わりを手に入れて、満足なさったの？」

つい、底意地の悪い言葉が口をついて出てしまった。だが、こんなにも感情が揺さぶられるのは、彼を心から愛しているからだとわかっていた。

「違う、チェチーリア、聞いてくれ」

クラウディオが手を伸ばして触れようとした。チェチーリアは後ずさった。

「触らないで！」

「チェチーリア、今の私には、国を正しい道に導きたいという大志がある。それが果たせた暁には、すべてをあなたに告白するつもりだったんだ。私は――」

クラウディオが言い募ろうとしたその時だ。

フェデリーゴがけたたましく扉を叩《たた》いた。

「伯爵殿！　北の国境付近で、警備隊とバニーニョ王国軍とが衝突し、バニーニョ王国軍が侵攻してきたとの知らせがありました！　王都からはあらかじめ、何かあったら直ちに軍を率いて応戦せよと、命令が出ておりましたが、いかがしますか？」

クラウディオがパッと振り返る。

「ついに、来たか――」

彼は一瞬目を伏せ、気持ちを整えるような顔になる、そして目を開きすっと背筋を伸ばし、扉の外のフェデリーゴに怒鳴った。

「守備隊兵に武装し直ちに広場に集結せよと命じろ！　私も軍備を整えてすぐに行く！」

「承知！」

フェデリーゴが慌ただしく駆け去る足音がした。

クラウディオはチェチーリアに向き直った。彼はすでに軍人の顔になっていた。

「私はすぐに出立せねばならない。チェチーリア、この話は帰ってからにしよう。後を頼む」

チェチーリアは急変した事態に、まだ気持ちが追いつかないでいた。

「ま、待って――それに、クラウディオ様は、バニーニョ人に二度と侵略戦争はしないとおっしゃったではないですか！　それなのに、バニーニョ王国と戦うおつもりなの？」

縋りつこうとするチェチーリアの手を、クラウディオがそっと払う。彼の顔はこれまで見たこともないほど真剣だった。チェチーリアは思わず怯んだ。

「戦争を起こさせない。そして両国が争うのは、これがほんとうの最後だ。約束する」

彼はくるりと踵を返し、扉を押し開いた。

「ほんとうの最後って――クラウディオ様？」

クラウディオは肩越しに振り返り、厳しい表情のまま言った。

「私を信じろ」

そう言い残し、彼は大股で書斎を飛び出していった。

「クラウディオ様！」

チェチーリアは後を追おうとし足がもつれ、よろよろと床に倒れ込んだ。

頭の中がぐちゃぐちゃだ。

母が何者かに暗殺されたこと。クラウディオがほんとうは母を愛していて、身代わりに娘の自分を娶ったのかもしれないこと。そして——戦争が起こる危機が訪れていること。

なにもかも耐え難く、自分ではどうすることもできない辛い現実であった。

「うう……」

チェチーリアは激情に囚われうずくまって啜り泣いた。

逃げてしまいたい。これまでがあまりに幸せで心から愛し合っていると信じ切っていた分、絶望感が深かった。

こんなに苦しいのなら、王城のあの狭い離れで、なにもかもに背を向けてひっそりと暮らした方がまだ心が楽だったかもしれない。そんなことすら考えた。

どれほどそうして泣いていたろう。

「奥様——」

マルロが静かに声をかけてきた。

ハッと顔を上げると、開いたままの扉の向こうに、乳母を始め屋敷の者たちが廊下に勢揃いしてた。

マルロが前に進み出る。彼がうやうやしく手を差し伸べた。

「奥様、旦那様は急遽《きゅうきょ》軍を率いて国境沿いに出立なさいました。今、この地とお屋敷の主人は奥様です。どうか、我々に指示をください」

「――」

全員がチェチーリアを信頼し切った目で見つめている。

胸が震えた。皆がいる。逃げることなんかできない。

自分はルッキーニ辺境伯夫人でこの屋敷の女主人なのだ。

チェチーリアは右手をマルロに預け、ゆっくりと立ち上がった。

涙を拭う。そして、キッと顎を引いた。

「非常時です。まずは地域の人々に冷静に行動するよう伝えましょう。国境近くの村人たちは、万が一の戦火に巻き込まれないようにルッキーニの内地への避難勧告を出しましょう。このお屋敷に一時避難してもらうことも考え、手の空いている者は使っていない部屋を片付けましょう。大丈夫です。クラウディオ様がこの国を、私たちの土地を必ず守ってくださいます」

マルロが力強くうなずく。

「承知しました。さあ、みんな自分たちのすべきことをするのだ」

「かしこまりました」

屋敷の者たちがそれぞれの役割を果たすべく、散っていく。

チェチーリアは後ろに控えているマルロに背を向けたまま、声をかけた。

「マルロ、あなたはクラウディオ様と私の母の関係を知っていたわね？」

マルロは静かに答える。

「申し訳ございません。旦那様に固く口止めされておりました——あの当時の旦那様の絶望や苦悩、その後の人が変わったような凄まじい努力——私は常にお側で見守って参りました。それらすべては——奥様に巡り会うためでした」

「それを、信じてもいいの？」

チェチーリアはマルロを見遣った。彼の眼差しは真摯であった。

「旦那様を、信じて差し上げてください」

「クラウディオ様は、国を正しい道に導く大志があるとおっしゃったわ。そこに私はほんとうに必要なの？」

マルロは大きくうなずいた。

「無論です。奥様の存在こそが、旦那様を支えているのです」

「——わかったわ。さあ、もう行って、みんなに指示を与えてちょうだい。あなたを頼りにしています」

「承知しました。失礼します」

マルロが立ち去ると、チェチーリアは深呼吸を繰り返した。

さっきまであれほど動揺していたのに、今はとても気持ちが落ち着いていた。

ルッキーニを捨てて去ることなどできない。

それほど、この土地に自分は根付いていたのだ。今胸を満たしている気持ちは、誇りに近いものだった。

クラウディオを愛している。その気持ちは少しも変わらない。

身代わりでもいい。少年時代の彼が、母の死を目の当たりにし、どれほど傷つき恐ろしかったか。その後、どれほどの艱難辛苦《かんなんしんく》を乗り越えて、名だたる人物になったか——。

これまでクラウディオがチェチーリアに向けてくれた誠意を思えば、恨むことなどできない。

クラウディオが大志を貫くつもりなら、それを信じよう。今はただ、クラウディオが無事に帰還するまで、この地と屋敷を守り抜くことだけに心血を注ごう。

チェチーリアは前を向いて、一歩踏み出した。

しかし——。

悲報は一週間後に届いた。

夜明け前、泥まみれのフェデリーゴが屋敷に転がり込んできたのだ。

「緊急！　非常事態でございますっ！」

チェチーリアを含め、屋敷中の者が飛び起きて玄関口に集まった。マルロに支えられて、フェデリーゴが玄関ロビーによろめき入ってきた。

「兵長、クラウディオ様になにかあったの？」

チェチーリアはフェデリーゴに駆け寄った。

「北の国境線でバニーニョ王国軍の奇襲に遭い交戦、闇夜だったために混乱の中、伯爵殿が行方不明になられましたっ――」

チェチーリアは後頭部を鈍器で殴られたような衝撃を受けた。

「なんですって⁉　まさか、戦死なされたとか――⁉」

フェデリーゴが首を振る。

「ご安心ください。ようようバニーニョ王国軍を撤退させた後、くまなく捜索しましたが戦死者は見つからず――おそらく伯爵殿は、敵方の捕虜になったのではと思われます」

「捕虜……ああ、ではお命は助かったのね？」

「詳細は不明でございますが、バニーニョ王国が国際法を守るのなら、捕虜の安全は保証されるとは思います。しかし、こちらの指揮官が失われたことは相当の痛手であります」

取り敢えずクラウディオが無事のようで、少し胸を撫で下ろす。

「我が国は——女王陛下は、休戦交渉など行なっていないの？」

「女王陛下はこれを機に一気に敵国を侵略しようという方針のようです。なにせ王都まで戦火は届かないですから。辺境の我らが犠牲になればいいというお考えなのでしょう」

「そんな——中央も辺境もないわ。同じ民ではないですか！」

チェチーリアは辺境の兵士たちを捨て駒のように扱う女王アンジェラに対して、ふつふつと怒りが湧き起こった。

これまで、アンジェラの権威に怯え、人生を彼女の意のままに扱われてきても、諦めてひたすら耐えてきた。けれど、クラウディオの妻となり、辺境伯夫人としての自覚と誇りが芽生えた今、チェチーリアはこのまま手をこまねいているわけにはいかないと思った。

「兵長、ご苦労でした。まずはここで休んでください。マルロ、すぐに王都に早馬の伝令を出す準備を、そして、長距離馬車の用意をさせてちょうだい」

「伝令と馬車、ですか？」

「伝令に、私がすぐに王都に向かい、女王に直接御目通りしたいという旨を伝えさせてください。私が女王陛下に辺境の実情を訴え、休戦をお願いしに行きます」

チェチーリアは次に乳母と侍女たちに指示を出した。

「支度をします。ばあや、急いで旅支度を！」

マルロ始め屋敷の者たちは色を変える。彼らは引き留めようとした。

「奥様、無茶です」「女王に直訴なさるのですか?」「女王陛下に御目通りが叶わなかったら、無駄足です」

チェチーリアは背筋を伸ばし、凛として言った。

「皆、忘れていませんか? 私は元王女、王家の人間です。女王は義理の母です。謁見を断られることはないでしょう。私は、この土地とクラウディオ様を救うためなら、なんでもします。戦争を続けさせてはなりません!」

「奥様——」

その場にいる者全員が、感に堪えないといった面持ちになる。

そこには、初めてこの屋敷に到着した時の、おどおどした頼りなげなチェチーリアの面影はどこにもなかった。堂々たる伯爵夫人の姿だった。

ただ、フェデリーゴだけがひどく戸惑った顔になった。

「これは——奥様がこれほどまでに強くご立派になられているなんて、計算外だな」

「え? どういう意味です?」

フェデリーゴ慌てたように言い訳した。

「いやいや——感動したという意味ですよ。こうなったら、私は奥様にお供して一緒に行きますぜ」

「あなたが一緒なら、道中が心強いわ。マルロ、みんな、留守はあなたたちに任せます。必ずいい知らせを持って帰るから、しっかりとここを守ってちょうだいね」

チェチーリアは皆に言い含めた。

マルロがうやうやしく一礼する。

「お任せください、奥様。どうかお気をつけて――さあ、大急ぎで支度をするぞ！」

一時間後には、王都に向かう旅支度が整った。

馬に跨ったフェデリーゴが、馬車の中のチェチーリアに声をかけた。

「奥様、昼夜最速で飛ばしても王都まで十日はかかります。体調やご気分が悪くなったら、すぐにおっしゃってくださいよ」

チェチーリアは窓から顔を出し、うなずく。

「平気よ。もうすっかり馬車の旅にも慣れたわ。飛ばしてちょうだい」

「承知。では出発します」

フェデリーゴが先導し、馬車が走り始めた。

チェチーリアは窓から身を乗り出すようにして、屋敷の前に勢揃いして見送っているマルロたちに手を振った。

「後を頼みます」

「奥様、無事お戻りを！」

全員が千切れんばかりに手を振って応えた。

王都への街道に入ると、チェチーリアは馬車の席に深くもたれて目を閉じた。

よもや、こんなふうにして王城に帰る日が来るとは思わなかった。

追いやられるようにしてルッキーニまで来た道を、今、愛する人のために戻っていく。

チェチーリアを嫌っているアンジェラが話に聞く耳を持ってくれるかはわからない。だが、なにもせずに辺境に戦火が広がっていくのを、ただ見ているわけにはいかない。

王城には異母弟のトーニオもいる。トーニオとは気持ちが通じている。

手紙のやり取りを続けて、トーニオが王子として成長していることを感じていた。チェチーリアが辺境の実情や、侵略戦争を回避したいクラウディオの志を詳細に伝えつづけたことで、トーニオにも次期国王としての自覚が芽生えつつある。トーニオなら、きっとチェチーリアの擁護をしてくれるだろう。

チェチーリアは気持ちを強く持った。

街道の途中の宿場町で馬を替え、チェチーリアの乗った馬車はひたすら王都を目指して走り続けた。チェチーリアは飲食も睡眠も馬車の中で済ませ、いっときの休息も取らなかった。十日後、ようよう王都に辿り着いた時には、さすがに疲労困憊《ひろうこんぱい》であった。

王都に入ると、チェチーリアは大通りで馬車を止めさせた。

「ここで降りるわ。兵長、手を貸してください」

「奥様、少しお休みなさいますか？」

フェデリーゴが外から扉を開け、チェチーリアが降りるのを手助けした。

「いいえ。そこの洋装店で新しいドレスに着替えて、髪を結い直します」

「え？」

「こんな着たきりの、旅でくたびれた姿で女王陛下にお会いするのは、辺境伯夫人としてみっともないでしょう？」

みすぼらしい姿で王城に行くことは、クラウディオに恥をかかせることになる。

洋装店で最新の流行のドレスを購入し、そこで着付けと髪結もしてもらった。

待機していたフェデリーゴは、支度を終えて出てきたチェチーリアを見て、息を呑む。

「奥様――神々しいばかりの美しさです」

チェチーリアはニコリとするが、すぐに顎を引いて表情を引き締めた。

「さあ、王城に向かいましょう」

王城の門前では、トーニオが配下の者たちと共に待ち受けていた。

彼は馬車からしずしずと出てきたチェチーリアを迎えた。

「姉上！　お帰りなさい！」

「ああ、トーニオ、久しぶりね！」

二人はひしと抱き合う。一年以上顔を合わせていなかったので、感動もひとしおだった。

「姉上、お元気そうでなによりです、すっかり洗練された伯爵夫人になられて——手紙を拝見しても、とても大人になられたと感じていました」

「あなたこそ、また背が伸びたのね。もう私より大きいわ」

フェデリーゴは、

「奥様、私はここで待機し、馬車の番をしております」

と言い置いて、馬車の横に立った。

チェチーリアはトーニオに手を引かれ、先導の侍従について王城に入る。

「——」

かつて、離れから呼び出されて王城に来た時には、豪奢で壮麗な王城の造りには圧倒されたものだ。だが、今のチェチーリアは、過剰で贅沢な装飾になんの感慨も湧かない。カニーニの屋敷の方が、数倍も居心地よく暮らしやすいと思った。

と、廊下の途中で、甲高い声が呼び止めてきた。

「あらまあ、お姉様？」

声のする方を見ると、大勢のお供を引き連れた異母妹のリリアンが立っている。宝石をぎっしり縫いつけた豪奢なドレスを着込んでいた。

「リリアン——お久しぶりね。お元気そうでなによりだわ」

チェチーリアはきちんと挨拶をしたが、リリアンはそれに応えもせずにずかずかと近寄ってきた。そして、チェチーリアを頭から爪先までじろじろと眺める。

「ふん、北の辺境にお嫁に行って、さぞやしょんぼりしていると思っていたのに。ずいぶん顔色もよくて身綺麗じゃないの。田舎暮らしはお姉様に合っていらっしゃるようねえ」

トーニオが顔を顰めた。

「リリアン、久しぶりに姉上にお会いできたのに失礼ではないか」

リリアンはつんと顔を逸らす。

「わざわざお城に足を運ばれるなんて、貧乏暮らしでお金が足りないのかしら。無心なら、お母様はお断りするわよ。なんなら、私がお小遣いを融通してあげてもいいわ」

トーニオがなにか言おうとするのを、チェチーリアはそっと引き止める。

「リリアン、私はルッキーニで充分幸せに暮らしているわ。伯爵様にもとても大事にしていただいているし、満足しているわ。お気遣いなく。あなたも早く幸せな結婚ができるといいわね」

余裕の笑みを浮かべてみせると、リリアンの目元がかっと赤く染まった。

「余計なお世話だわっ」

リリアンは捨て台詞を残して、さっさとその場から歩き去った。

トーニオが取りなすように言った。

「姉上、リリアンの失礼をお許しください。先だって、リリアンは某侯爵に婚約破棄されてしまったんです。相手になんだかんだと条件をつけて、わがままが過ぎたようなのです。それで気持ちが苛立っているようで――」

「いいの。少しも気にしていないわ」

そんなことより、チェチーリアはアンジェラとの謁見のことで頭がいっぱいだった。

謁見室の扉の前で、侍従が呼ばわった。

「カニーニ伯爵夫人、ご到着でございます」

「入れ」

中から重々しいアンジェラの声がした。

内側から女王付きの衛兵が扉を開く。

「さあ姉上」

トーニオが誘おうとすると、アンジェラがすかさず言う。

「私はチェチーリアと二人きりで話したい。席を外すように」

トーニオは心配そうにチェチーリアを見遣った。チェチーリアは大丈夫というようにうなずいてみせる。トーニオはチェチーリアだけを中へ通し、後ろに下がって扉を閉めた。

女王付きの衛兵が素早く鍵を掛けたのが気になった。

謁見室の中央の赤い絨毯の先、玉座にアンジェラが座っている。

チェチーリアはスカートの裾を摘み、優美に挨拶した。

「女王陛下にはご機嫌麗しく」

「礼などよい。近う寄れ」

アンジェラがぞんざいに言った。

「はい」

チェチーリアは顔を伏せたまま、玉座に歩み寄る。

「顔を上げよ」

チェチーリアが静かに頭を上げると、アンジェラは眉を顰めた。

「なんだ。辺境暮らしに耐え切れず、私に泣きつきに帰ってきたのかと思うたが、ずいぶんと穏やかな顔をしておるな」

「はい。お義母様――女王陛下。私はカニーニ伯爵家に嫁いで、とても幸せでございます。この結婚を勧めてくださったことに、感謝しております」

そう答えると、アンジェラはますます機嫌が悪そうな表情になる。

「幸せ自慢にでも来たのか？」

チェチーリアは表情を改めた。

「女王陛下、お願いです。バニーニョ王国とどうか休戦してください」

アンジェラはチェチーリアの真意をはかりかねるような顔になる。

「戦争のことなど、おまえが気にすることではない。田舎夫人に満足しているのなら、とっとと帰るがいい」

「いいえ、女王陛下。ルッキーニを始め、国境付近は常にバニーニョ王国軍との紛争の危機にさらされています。国境地域に暮らす人々の平和のためにも、互いに話し合い戦争を回避するべきではありませんか？　私の夫が――」

思わずクラオディオのことが口をついて出てしまった。

「ん？　なんじゃ？　カニーニ伯爵がどうした？」

チェチーリアはわずかに顔を伏せた。

「戦況の報告が上がってきておりませんか？　伯爵はバニーニョ王国軍と果敢に戦い、味方に一人も戦死者を出さなかったものの、虜囚の身になったそうです」

アンジェラの目がキラリと光る。

「ほお――辺境の小競り合いなど、なかなか我が耳にまで届かぬのでな。なるほど、伯爵は捕虜になったとな――」

チェチーリアはさっと顔を上げ、玉座の下に跪いた。

「お願いです。お義母様、バニーニョ王国と休戦して、平和的解決をはかってください。どうか、夫を助けてください。夫だけではなく、辺境の村や街が戦場になることは、これ以上避けたいのです。どうか――お願いします」

ふいにアンジェラが不気味に笑った。

「くくく、そのためにわざわざ戻ってきたのか。実に健気な新妻ぶりだな」

「お願いします」

「ふん。あの辺境伯は有能だが、中央の意見を蔑ろにすることが多く、命令に逆らってばかりで、目障りだったんじゃ。年々、辺境での支配力を強くして中央の脅威だった。だから、わざと国境でバニーニョ王国軍を挑発して侵犯させ、伯爵に出兵させたのだ」

「え——？」

チェチーリアは愕然として声を失う。

「ま、まさか——わざわざ戦争をしかけたと言うのですか？」

アンジェラが酷薄な笑みを浮かべた。

「この国の財政をもっと豊かにするには、領土拡大が必要だ。王家のいる中央を守るために、辺境が犠牲になるのは当然じゃ。ルッキーニが戦火に呑まれ、おまえもそこで命を落としてくれればよかったのに——よもやこのこと戻ってくるとは。あてが外れたわ」

「！」

アンジェラは憎々しげにこちらを睨んでいる。

チェチーリアは背筋が凍りつくような気がした。自分に対するアンジェラの凄まじい悪意が理解できなかった。

「な、なぜ、お義母様は……そんなに私のことが憎いのですか？」

アンジェラは地を這うような恐ろしげな声を出した。

「おまえも憎いが一番憎いのはおまえの母じゃ。あの美しく儚げな水色の瞳の先妃じゃ」

「——母が？」

「私がありとあらゆる手を尽くして、国王陛下の情けを奪ったのに、結局陛下はあの女のことが忘れられず、私を正妃にするという約束を撤回しそうになったんじゃ。私は手の者に、辺境を視察していたあの女を殺すように命じたんだ」

「お義母様が、お母様を……暗殺したの⁉」

残酷な告白に頭が真っ白になった。

「やっと正妃の座を手に入れたのに、国王陛下はあの女そっくりの赤ん坊のお前を溺愛した。だから——陛下を毒殺し、お前を幽閉してやったんだ」

「な、なんてことを……！」

衝撃の真実に、全身から音を立てて血の気が引いていく。

アンジェラは呆然としているチェチーリアを見て、加虐の喜びに陶酔したような表情になる。

「冷酷と評判の伯爵に嫁がせて、さぞや不幸になったろうと思っていたのに、お前が案外辺境に馴染んでいるようで、しゃくでならなかった。それで、トーニオの手紙からお前が避暑地に行くと知り、暗殺者を送ったんだ。バニーニョ人たちを焚きつけてな。それも失敗した。おまえはほとほと悪運が強い娘だ」

　さらなる衝撃を受けた。

「で、では、あの時に襲ってきたバニーニョ人たちは、お義母様が――！」

「私はずっと不幸だったんだ。おまえだけ幸せになるなど、許さない！」

　アンジェラの顔は憎悪に醜く歪んでいる。チェチーリアは戦慄した。

　信じがたい事実に目の前が真っ暗になりそうだったが、最後の気力を振り絞る。このままではいられない。

　アンジェラの恐ろしい罪を暴かねば――。

　チェチーリアは足に力を入れ、人を呼ぼうと謁見室の扉に向かおうとした。とたんに、槍を構えた大勢の衛兵たちが物陰から飛び出し、行手を塞いだ。

「逃さぬ、飛んで火に入る夏の虫とはおまえのことじゃ。城に戻ると連絡を受けた時から、お前をここで殺すと決めていた。死ね」

　アンジェラが片手を上げると、衛兵たちが槍をこちらに向け、じりじりと近づいてきた。

　死の恐怖にチェチーリアは全身が小刻みに震えた。必死でアンジェラに訴える。

「お願いです、これ以上罪を重ねないで。もうこんなことはやめてください――！」

　アンジェラがせせら笑う。

「今さらか？　惨めに命乞いしながら、死ぬがいい」

チェチーリアはキッと顎を引く。そして背筋を伸ばした。

「私は、伯爵と結婚して、愛し愛されて、とても幸せでした。自分の人生に満足しています。死ぬことなど、怖くはないわ」

チェチーリアの威厳と迫力のある態度に、衛兵たちが思わずたじたじと後退りした。

アンジェラが顔色を変えた。

チェチーリアは静かに哀れんだ声で言う。

「お義母様、お気の毒です。あなたは、一生不幸のままで死ぬのですね。恐ろしい罪を重ねて、おそらく地獄の業火に焼かれるでしょう」

「な――っ、生意気なっ！　あの王妃と同じ目で私を見るなっ！」

アンジェラは真っ青になって玉座から立ち上がる。両手がぶるぶると震えている。

「誰ぞ、武器を貸せ、私がこの小娘を殺してやるっ」

しかし、衛兵たちはなぜか命令に従おうとしなかった。

「早くしろっ」

アンジェラが玉座を下りかけた時だ。

城外から高らかな進軍ラッパの音が響いてきた。同時に、謁見室の扉がけたたましく叩かれた。トーニオが切羽詰まったような声で呼びかけてきた。

「母上っ、いつの間にか王都をバニーニョ王国軍が幾重にも取り囲んでおりますっ！　その数数万！　ここを開けてくださいっ」

「なんだと⁉　なぜバニーニョ王国軍が⁉　いつの間に？」

アンジェラが愕然として目を剝いた。混乱したように彼女はその場に凍りついている。

「母上、このままでは攻め込まれます！　城の防衛だけでは到底太刀打ちできません。ご指示をください」

トーニオの言葉が聞こえないのか、アンジェラはその場にへたり込んだ。

「戦争などわからぬ——も、もう終わりじゃ——もうお終いじゃ」

アンジェラは正気を失ったようにぶつぶつつぶやいている。

チェチーリアは衛兵たちにさっと顔を振り向けた。

「扉を開けなさい、早く！」

チェチーリアの威厳に満ちた声に、衛兵たちは機械的に動き、扉を開いた。

色を失ったトーニオが飛び込んできて、武装した衛兵たちを見遣った。

「姉上、これは——？」

「なんでもないわ、それより、バニーニョ王国軍の様子は？　玄関口に兵長がいたはずだわ。トーニオ、私についてきてちょうだい」

チェチーリアはスカートをからげて、廊下に飛び出す。城内は混乱を極めていた。

廊下の隅で、腰を抜かしたリリアンが侍女たちに囲まれてわあわあ泣いている。

「敵が攻めてきたのよっ、怖いわ、怖いっ」

チェチーリアはリリアンには目もくれず、トーニオに声をかける。

「バニーニョ王国軍からの布告は？　なにか要求はあったの？」

「それが――今のところは遠巻きで静観しているようです。あの、姉上、実は――」

トーニオがなにか言いたげな表情になった。しかし、気が急いていたチェチーリアは、気が付かなかった。

「民たちの命が最優先だわ。こちらには戦意のないことを伝えましょう。国務大臣は呼べますか？　まずは話し合いを」

きびきびと指示を出すチェチーリアを、トーニオは感に堪えないといった顔で見た。

「姉上――あなたはすごいです」

非常時での行動力は、すべてクラウディオとルッキーニで生活した経験から身についたものだ。クラウディオが命を懸けて守ろうとしたこの国を、民を守らねばならない。

チェチーリアが正面玄関の階段を下りていくと、フェデリーゴが駆け寄ってきて、目の前に立ち塞がろうとした。

「奥様、私の話をお聞きください」

「兵長、非常事態です。軍隊のことなど、私にはわかりませんからあなたから――」

「奥様、落ち着いてください。これは非常事態ではありません」

「え?」

フェデリーゴは冷静な声で言う。

「どうか、開門してください。バニーニョ王国軍は決して攻めてきたりしませんから」

チェチーリアはフェデリーゴと目を合わせた。彼の眼差しは忠誠心に溢れている。

「あなたは――この状況を理解しているのね」

「はっ」

すると、トーニオが素早く前に進み出てきた。さっきまでの動転したような姿とは一転し、非常に落ち着いた態度である。

「姉上、女王の代理として、王子の私が指示を出してよいですか?」

チェチーリアはハッとトーニオを振り返った。毅然としたたたずまいだ。

その時、チェチーリアは、トーニオが始めからこの事態を把握していたのかもしれないと、やっと気が付いた。

今、この国の運命が大きく変わるという予感がした。

「わかったわ、お願いするわ。トーニオ」

「門兵、正門を開けよ」

トーニオの命令に、重厚な正門がゆっくりと開いた。

「奥様、お手をどうぞ」

フェデリーゴがチェチーリアの右手を恭しく取り、門前に誘った。

門の外を見遣った時、チェチーリアは心臓が止まるかと思った。

「⁉」

そこには武装して馬に跨った姿のクラウディオが立っていたのだ。目の迷いか、夢か。

「嘘——」

呆然と立ち尽くしていると、クラウディオがさっと下馬しこちらへゆっくりと歩いてきた。やつれた様子もない。いつもの悠然とした彼の姿だ。

「チェチーリア、あなたの元に戻ってきたぞ」

クラウディオは穏やかな声で言う。懐かしい声を聞いた瞬間、硬直していたチェチーリアの全身に歓喜の熱い血潮が駆け巡った。

「あ、ああ……お帰りなさい……！」

震える両手を差し伸べ、クラウディオに抱きついた。それまで、耐えに耐えていた涙が、どっと溢れてきた。クラウディオは包み込むように抱き返してくれる。

「心配かけた。私は大事ない」

「カニーニ伯爵、ここまでご苦労でした」

トーニオが声をかけてきた。これまで聞いたこともない大人びた口調だ。

クラウディオはそっとチェチーリアから身を離すと、トーニオの前に進み出て膝を折り

最敬礼した。

「王子殿下。バニーニョ王国軍を導き、無事使命を果たし、ここに参上つかまつりました」

「うん。バニーニョ王国軍の最高司令官とは、いつ会えるか？」

「先ほど連絡を取りました。半刻ほどで、王城へ到着するでしょう」

「わかった。では私は迎える支度をする。会談の話し合いには、伯爵殿に同席していただきたい」

トーニオはそう言うと、くるりと踵を返して城の中に戻ろうとした。途中でぴたりと足を止め、チェチーリアを振り返り威厳のある声で言った。

「姉上、ご心労をおかけしました。後は、私と伯爵に任せてください。私は伯爵と手を組んで、政変を起こしたのです。母上を女王の座から引き摺り下ろすためです」

「トーニオ――あなた……」

トーニオの口調が少し和らいだ。

「母上――女王陛下のことは心配いりません。息子の私が適切な対応をします。先ほど姉上を襲おうとした衛兵たちには、手を決して出さぬよう私があらかじめ言い含めてありました。二度と姉上の身に危険は及びません。伯爵、会談の準備が整うまで、どうか城内でお休みください」

「御意」

クラウディオが深々と頭を下げた。

「――」

チェチーリアはまだ事態が完全には理解できないでいた。

姿勢を起こしたクラウディオは、

「兵長、外の我が兵士たちに、王都の人々が動揺しているようであれば、安全である旨を知らせて回るよう指示をせよ」

とフェデリーゴに命令した。

「承知」

フェデリーゴが敬礼し、素早く門外に出ていった。

城内から、トーニオ付きの侍従が姿を現し、クラウディオとチェチーリアにうやうやしく言った。

「貴賓室にお茶の用意をいたしました。お二人とも、どうぞ中へ」

クラウディオはチェチーリアの手を取った。

「いただこうか。あなたとゆっくり話をしたい」

「は、はい」

握られた手の温かさに、もうなにも心配いらないのだと確信した。

用意された貴賓室で、侍従はお茶を二人分淹れ終わると退出した。

クラウディオはチェチーリアをソファに座らせ、お茶のカップを手渡すと、自分の分を手にしてチェチーリアの横に腰を下ろした。

チェチーリアはまだ頭の中が混乱していて、なにからしゃべっていいのかわからない。

クラウディオは紅茶を一口啜って、眉を顰める。

「どうも都会式のお茶には慣れないな。やはりジャムをたっぷり入れないとな」

クラウディオが軽口を叩いたので、ほっと緊張がほぐれた。

「バニーニョ王国軍の侵攻は、クラウディオ様とトーニオの案じたことなのですか？」

「そうだ。あなたからの話で、王子殿下は先進的で理解のある人だとわかった。それで、私はずっと、王子殿下とこの国の未来について、やりとりしていたんだ。女王陛下はあなたとの手紙にばかり気を取られていたようだが、背後で私は王子殿下と密かに手を結んでいたんだ」

「トーニオと――」

「女王は娘リリアンと共に国庫を我が身の贅沢に費やし、さらに領土拡大を目指して、バニーニョ王国への領土侵犯を繰り返させた。私の度重なる訴えにも、耳を貸さなかった。あの女にもはやこの国を任せられないと判断し、水面下でバニーニョ王国に働きかけ、王子殿下とも連携を取った」

「そうだったのね」

「バニーニョ国王と密かに面談もしていた。誠意をもって話しているうちに、バニーニョ国王は、自分の臣下に取り立てたいと働きかけてきたほど私に目をかけてくれた」

「トーニオは――すべてを承知の上だったのですか？」

「王子殿下はとても賢明なお方だった。実の母の犯した数々の悪行を知って、さぞやお辛かったろうが、理性的に行動して、逐一女王の動向を知らせてくださった。両国の同盟の機が熟したと思っていた矢先、女王がルッキーニを戦火に巻き込もうと企てた。もはやここで動くしかないと判断したんだ」

「では――クラウディオ様がバニーニョ王国軍の捕虜になったというのは、誤報でしたのね」

「そうだ、わざとそう流布させた。女王を油断させ、バニーニョ王国側と連携を取るための時間が欲しかった。女王を追い詰めるために、あらかじめバニーニョ王国軍隊は常に国境付近に待機してもらっていた。私は彼らと合流し、中央を目指した。その後は王子殿下と行動を共にし、女王のこれまでの罪状を暴いて退位を迫るつもりだった――が」

　クラウディオはそこでふっと苦笑した。

「よもやあなたが一足先に単身で王城に乗り込んでいくとは思わなかった。フェデリーゴも相当慌てたようだ。進軍していた私と王子殿下に早馬で事情を知らせ、女王があなたの命を狙う恐れがあることを知らせてくれた。私たちは最速で中央に向かったよ」

チェチーリアは恥じらって目元を赤く染めた。

「私ったら、独りよがりで行動してしまって……」

「いや違う。あなたに余計な心労をかけまいと、黙っていた私が悪かった。あなたは私が思っていた以上に、勇気ある人だったんだ」

「私——あなたの代わりに、なんとしてもルッキーニを守りたくて……」

クラウディオはカップを脇のテーブルに置いた。彼は、怒りを含んだ表情になった。

「もう一つ——私はずっと、あなたの母上の命を奪った犯人を捜査させていた。先日、とうとう手を下した者を突き止め、取り調べたところ、女王からの命令だったと白状したんだ。それだけでも、女王は到底許しがたかった」

「……お義母様が私にそう告白しました——母を憎悪していたと……」

「そうか——とても辛い思いをしたね」

クラウディオがそっと肩を抱き寄せた。

「あなたは素晴らしい人だ。辺境伯夫人として王女として、最高に立派に振る舞った。私はこんなにも胸が熱く感動したことはない」

チェチーリアはクラウディオの腕に身を預けた。

「私が勇気を持てたのは、あなたの愛のおかげだわ。あなたに愛されて、私は生まれ変わったんです」

「チェチーリア――」

クラウディオは腕に力を込めて抱きしめてきた。

「今回の件で、私は心から確信した。愛しているのはあなただけだ」

「クラウディオ様……」

「あなたの母上への淡い気持ちはもう過去のものだ。どうか、信じてくれ」

「――もういいの」

チェチーリアはクラウディオの広い胸に顔を寄せた。少し速い確かな鼓動が伝わってきて、全身にひりつくような彼への愛情が迸《ほとばし》る。

「なにもかも、もういい。過去のことは終わったこと。私は、今のあなただけを信じ、愛しています」

「チェチーリア――」

クラウディオの声がかすかに震える。

彼は口の中で消え入るような声を紡いだ。

「――ありがとう」

彼の大きな手が、優しくチェチーリアの額にかかった髪を掻き上げた。そこに唇を押しつける。火のように熱い唇だ。

「クラウディオ様」

チェチーリアは顔を仰向ける。

二人の唇が重なった。

「ん……」

小鳥の啄みのような口づけは、次第に深いものに変わっていく。

クラウディオの右手が背中をぐいっと引き寄せた。

「あ、ふぁ……」

チェチーリアも彼の首に両手を回して引き寄せる。

顔の角度を変えて彼の舌を受け入れ、甘えるように自分の舌を絡ませた。クラウディオの舌は甘く巧みにチェチーリアの官能を引き出す。

「んふぅ……んんっ……」

クラウディオの舌は時に激しく、与えられる愉悦にチェチーリアの心身はとろとろに蕩けていく。

「あはぁ、は、ふぁあっ」

クラウディオの厚い舌が喉奥まで突き入れられ、チェチーリアの舌の付け根を思い切り吸い上げてきた。

「んんーっ、ん、んんぅ――っ」

意識が飛び、チェチーリアは口づけだけで軽く達してしまった。

「……は、はぁ、は……ぁ」

骨抜きにされて、チェチーリアはぐったりとクラウディオの腕にもたれかかった。

「可愛い、愛しい――私のチェチーリア」

クラウディオはきつくチェチーリアを抱きしめ、火照った額や頬に口づけの雨を降らせる。

「このままここで、抱き潰してしまいたいくらいだが――」

クラウディオは指先でチェチーリアの濡れた唇をそっと撫でた。

「今はやるべきことをせねばならないな」

彼はまだ口づけの余韻にぼうっとしているチェチーリアから、そっと身を離した。

「会談に行ってくる」

身繕いをしながら立ち上がったクラウディオに、チェチーリアは心からの声をかける。

「どうか、弟を、この国をよろしくお願いします」

「任せなさい。全力を尽くすよ」

彼は扉のドアノブに手を掛け、開く前に振り返った。

「すべてが片付いたら、一緒に帰ろう。私たちの土地へ」

チェチーリアはコクリとうなずく。

「帰りましょう、ルッキーニへ」

クラウディオはかすかに笑みを浮かべ、そのまま扉を開いて出ていった。

「……愛しています、クラウディオ様」

チェチーリアは閉じた扉を見つめ、小声でつぶやいた。


こうして——。

クラウディオとトーニオと国務大臣、そしてバニーニョ国王の代理の軍最高司令官を交えての長い会談がもたれた。

双方の国は休戦条約を締結し、今後は恒久的な和平条約を結ぶことで同意をした。

ここに、長きにわたった両国の国境紛争は終わりを告げたのだ。

アンジェラは、過去の悪行の数々を暴くことだけは許してほしいと泣いて懇願した。王家の醜聞を公にすることは、今後の統治に瑕疵《かし》を残す。クラウディオとトーニオは、アンジェラの大罪を内内で処理することに決めた。

彼女は退位し国王の座をトーニオに譲位すること、今後いっさい政務に関わらず世間に出ないという条件と引き換えに、国境付近にある神殿にて謹慎することになった。国庫を使って贅沢の限りを尽くしたリリアンも罪を問われ、アンジェラと共にそこでひっそりと暮らすことになった。

トーニオは若くして国王となったのである。

トーニオはクラウディオに側近として王都に留まってほしいと説得した。しかしクラウディオは、自分は辺境の地を守ることが使命であると、それを固辞した。ただ、トーニオを陰から支えていつでも力になると約束した。

以降、国王と辺境伯は、生涯変わらぬ深い友情で結ばれることとなる。

最終章

チェチーリアとクラウディオが王都からルッキーニに帰還したのは、トーニオが即位して三ヶ月後のことであった。国の新しい体制が整うまで、王都に留まって力を貸してほしいというトーニオの要望に応えたからである。

季節はもうすぐ冬になろうとしていた。

「クラウディオ様、ルッキーニの山々が見えてきましたわ。ああ、もう頂が真っ白くなって――」

チェチーリアは馬車の窓から顔をのぞかせて、目を輝かせた。

「チェチーリア、そんなに身を乗り出しては落ちてしまうぞ。あなたはこういう時は、子どものようにはしゃぐから」

クラウディオが慌てて背後からチェチーリアの腰を抱えた。

「だって、懐かしくて嬉しくて――」

チェチーリアは声を詰まらせる。

「やっと、帰ってこられたんですもの。私たちの故郷に――」

「私たちの――」

「そうよ。私の帰るべき場所はルッキーニ以外に考えられないわ」

「チェチーリア――」

クラウディオが感慨深い声を漏らし、ぎゅっと抱きしめてきた。

「ありがとう。愛しているよ」

「私もよ」

二人は愛情を込めて見つめ合う。

と、馬車を先導していたフェデリーゴが声をかけてきた。

「伯爵殿そろそろ到着です」

「そうか。馬車を止めてくれ」

馬車がゆるゆると停止した。

「どうしたの？　まだ途中なのに――」

不思議そうな顔をするチェチーリアに、クラウディオが懐かしそうな目をして言う。

「ここで、私たちの結婚を報告したい人がいるんだ」

チェチーリアはクラウディオに手を取られ、馬車を降りた。

険しい山並みが続いている。

「この先の崖だ」

クラウディオに促された時、チェチーリアはハッと気がついた。

「母上が亡くなられた場所ですね……」

以前クラウディオが花を手向けた時には、このあたりは雪に覆われていて景色がまるで違っていたのだ。

「そうだ。あなたと一緒に、亡き王妃様の魂を弔いたいのだ。よいだろうか？」

「もちろんです」

二人は手を取り合って、ゆっくりと急な坂道を登っていった。行き着く先は崖っぷちであった。チェチーリアはクラウディオに支えられて、恐る恐る崖下に目をやった。そこは深くて暗くてよく見えない。

「ここで母上が——どんなに怖かったでしょう」

母の無念を思うと、涙が溢れてくる。

クラウディオは沈痛な面持ちになる。

「私はあなたの母上を救えなかった。自責の念は一生拭えないだろう。だが——」

彼はぎゅっとチェチーリアの手を握ってきた。

「母上の分も、いやそれ以上にあなたを守り愛し抜く。あなたの母上の魂にかけて、私は誓う」

「……クラウディオ様……嬉しい」

チェチーリアは嗚咽を噛み殺し、その場に跪いて両手を合わせた。

「母上、どうか安らかにお眠りください。私はこの人を愛して生きていきます。どうか、私たちを見守ってください」

クラウディオもチェチーリアの隣に跪き、同じように祈りを捧げた。

「あなたの娘を必ず幸せにします」

二人はしばらく黙禱《もくとう》した。

ふいにごうっと谷底から風が巻き起こり、二人の髪を舞い上げた。

「あ──今、母上が応えてくださった気がしました」

「私も、そう感じた」

二人は手を取り合って立ち上がる。

「また命日に来よう」

「はい」

二人は万感の思いを込めて、しばらくそこにたたずんでいた。

カニーニ屋敷の前では、マルロ始め使用人たちが総出で居並び、今や遅しとチェチーリアとクラウディオの帰宅を待ち侘《わ》びていた。

「あっ、馬車が見えましたっ」

目のきく使用人が道の先を指差して叫んだ。皆、わっと前に飛び出す。

フェデリーゴに先導された馬車が玄関前に到着し、クラウディオとチェチーリアが降りてくると、全員が玄関の階段前に下り、勢揃いした。

マルロが前に進み出てくる。目が潤んでいる。マルロはうやうやしく一礼した。

「旦那様、奥様、お帰りなさいませ。ご無事でのお戻り、なによりでございます」

背後で使用人たちがいっせいに頭を下げた。

クラウディオが穏やかな顔で返した。

「マルロ、みんな、長い留守の間、よく屋敷を守ってくれた。感謝するぞ」

「皆さん、ただいま帰りました」

チェチーリアが挨拶すると、乳母が飛び出してきて抱きついて啜り泣く。

「ああ奥様、よかったです、旦那様と一緒にご無事にお帰りで、ほんとうによかった」

乳母の震える背中を抱きしめ、チェチーリアも胸がいっぱいになった。

ここには愛する人がいて、心から迎えてくれる人々が大勢いる。

「ではこれで俺の今回の任務も無事終了ですね。伯爵殿、俺は失礼してもいいかな？」

フェデリーゴの言葉にクラウディオが、

「今回もよく働いてくれた。昇進を考えよう。屋敷で一服していかないか？」

と声をかけた。するとフェデリーゴはおどけたように肩をすくめた。

「いやいや、俺にだって、帰りを待ち侘びてくれている可愛子ちゃんがいるんですよ」

彼はさっと敬礼をし、

「では、失礼」

と言いおくと、踵を返して立ち去った。

「さあさあ、お二人とも長旅でお疲れでしょう。まずはお着替えを。そして、温かいお茶をどうぞ」

マルロが促す。

「ああ、カニーニ家のお茶を楽しみにしていたのよ」

チェチーリアが顔を輝かせると、クラウディオも笑みを浮かべた。

「ジャムをたっぷりだ」

「ええジャムをたっぷり」

二人は顔を見合わせにっこりとした。

その晩――。
晩餐にシェフが腕を振るったルッキーニ料理を堪能し、久しぶりにゆっくりと沐浴《もくよく》し、清潔な寝巻きとガウンに着替えて部屋で寛いでいるチェチーリアの元へ、マルロが伝言を持ってやってきた。

「奥様、旦那様が書斎においでになるようにとのことです」

「わかりました。すぐに行くわ」

マルロに先導され書斎の扉をノックし、中へ一人で入っていく。

窓際で、ガウン姿のクラウディオが待ち受けていた。彼がゆっくりと振り返る。

「来たね」

「ご用ですか?」

「うん」

クラウディオは書斎机に近づくと、一番下の引き出しからなにか取り出した。

「これを、あなたに返そうと思う」

彼が差し出しのは、母の形見のロケットだった。チェチーリアはそれを両手で受け取った。

「——このロケット……」

「あなたの母上がどんなにあなたを愛していたかの証だ。それにね——私はあの時、あなたの母上の最期の言葉を聞いたんだ『バンビッデ』と」

「私の可愛い娘《バンビッデ》……」

「あなたの母上は最期の瞬間まで、あなたを思っていたんだ」

「あ、ああ……」

チェチーリアはロケットを握りしめ、涙をほろほろと零した。

「母上……母上……」

クラウディオは震えるチェチーリアの肩を引き寄せ、あやすように背中を撫でてくれた。

「このことだけは、どうしてもあなたに伝えたいと思っていた。ずっと隠していてすまない――私も卑劣だった。あなたを悲しませたり嫌悪されたりするのが怖かったのだ」

「いいえ、いいえ……」

チェチーリアは涙に濡れた顔を上げ、首を振る。まっすぐに彼を見上げた。

「クラウディオ様のおかげで、母は人知れず命を落とさずに済みました。最期の言葉まで伝えてもらって――きっと、神様がいつか私たちが結ばれるようにと、母の気持ちをクラウディオ様に託したんです。そう思えば、なにもかもが救われます」

「チェチーリア」

クラウディオは感極まったように、ぎゅっと強く抱きしめてきた。

「愛している」

チェチーリアも彼の広い背中に両手を回し、抱き返す。

「愛しています」

二人はぴったりと抱き合い互いの鼓動をひとつにし、同じ熱い気持ちを感じた。

「――チェチーリア」

クラウディオはチェチーリアを横抱きにすると、額や頬に口づけを落としながら書斎の奥の寝室へ移動する。

そして、唇を重ねながらベットの上にもつれ込むように倒れた。

「んふ、んんん……ぅ」

舌を搦め捕られ、深い口づけを仕掛けられると、チェチーリアも積極的に彼の舌に応じた。互いに舌を吸い合い、舌が触れ合う心地よさに酔いしれる。

チェチーリアの感じやすい場所を舐めてくるクラウディオの巧みな舌使いに、チェチーリアの全身は甘く熱く蕩けてしまい、口づけだけで何度も軽く達してしまう。

「はぁっ、は、はぁ……」

ぐったりとシーツの上に沈み込むと、

「愛している、愛している」

クラウディオは熱に浮かされたようにつぶやきながら、素早くチェチーリアのガウンと寝巻きを剝ぎ取った。

「あ……ん」

口づけだけで肌が淫らに桃色に染まっていた。潤んだ瞳でとろんと誘うように色っぽくクラウディオを見上げると、彼はもどかしげに自分の衣服を脱ぎ捨てる。

彼の下腹部の欲望は、臍につくくらいに滾《たぎ》り切っている。逞しく反り返った剛直を見ただけで、チェチーリアの媚肉がひくひくと物欲しげにうごめいた。

「チェチーリア、私のチェチーリア」

生まれたままの姿で覆い被さってきたクラウディオは、チェチーリアの首筋に顔を埋めながら、ツンと尖った胸の頂を摘み上げてくる。

「あ、んっ」

乳嘴を刺激されるたびにちりっと灼けつくような痺れが身体の芯に走り、チェチーリアはぴくんぴくんと腰を跳ねさせてしまう。

「あ、あぁん、ぁあ……」

秘所がどうしようもなく疼いて、すでに潤んでいる蜜口からとろりと新たな愛液が溢れ出てしまう。もじもじと腰をうごめかすと、クラウディオの張り詰めた下腹部を無意識に刺激してしまう。熱く硬い肉棒の感触に、早く欲しいと内壁がきゅうきゅう収縮する。

「あ、ん、んん」

誘うように両足を開き、腰を持ち上げるようにしてクラウディオの滾る肉茎を擦る。

「あぁ、あんん、はぁあ……」

張り出したクラウディオの先端が、秘裂をぬるぬると擦る感触が堪らなく悦くて、腰の動きを止めることができない。彼の肉棒が自分の零す愛蜜でぐっしょりと濡れていく。

「いけない子だね、こんな淫らに男を誘ったりして――」

クラウディオはチェチーリアの腰の動きに自分の腰を合わせて動かし、息を乱した。

「あぁん、だって……早く欲しいの……」

チェチーリアは自分の欲望に素直になって、甘い声を漏らす。そして酩酊した眼差しでクラウディオを見つめる。

「そんな目で見られたら、ひとたまりもないよ」

クラディオはちゅっちゅっと音を立ててチェチーリアの唇に口づけすると、上半身を起こし、チェチーリアの両膝に腕を潜らせた。M字型に開脚させられると、恥ずかしい部分がパックリ開いて丸見えになってしまう。

「ほら、あなたの花びらがいやらしく開いて、物欲しげにひくひくしているよ」

「ああ、ん、いやぁ、見ないでぇ」

「いや、いっぱい見てあげよう。ほら、あなたもよく見ているんだ。私のモノがあなたの中に挿入っていくところを――」

傘の開いた亀頭が綻んだ蜜口に押し当てられる。

「あ、あぁ――」

ぬくりと先端が隘路の入り口をくぐり抜ける。

「あんん、熱い……っ」

恥ずかしくて堪らないのに、赤黒い剛直が自分の中に呑み込まれている様から目が離せない。

「ほら、どんどん呑み込まれていくよ」

「あ、あっぁあ、あ、挿入ってくるぅ……」

熱く熟れた内壁が硬く張り詰めた陰茎で満たされていく快感に、上ずった声を上げてしまう。

「熱いね、あなたの中蕩け切っている――」

根元まで収めたクラウディオが、やにわにずん、と、深く腰を突き入れてきた。

「あああああっ」

最奥まで一気に貫かれ、衝撃と愉悦で目の前がチカチカした。背中が大きく弓形にしなり、クライディオは浮いたその隙間に片手を潜り込ませ、さらに密着度を深めた。

そして、ゆっくりと腰を穿ってくる。

「あ、あんん、あぁ、あんっ」

ずちゅぬちゅと猥りがましい水音を立てて、最奥を突かれるたびにどうしようもなく感じ入ってしまい、嬌声が尻上がりに甲高くなっていく。

「すごく締まる、感じているんだね、チェチーリア」

クラウディオは掠れた声でささやきながら、腰の角度を変えてチェチーリアの感じやすい箇所を突き上げてくる。子宮口の少し手前あたりの、ぷっくり膨れた部分を太い先端で抉られると、官能の源泉に直に触れられているような歓喜が全身を駆け巡り、どうしようもなく乱れてしまう。

「はぁっ、あ、あっぁ、そこ、あ、悦い、悦いの、あぁ、悦すぎるぅ……っ」

チェチーリアは涙目で身を捩り、悩ましく喘いだ。

「ここが悦いんだね、気持ち悦いんだね、でもまだだよ、もっとだ」

クラウディオは腰の律動を繰り返しながら、結合部に片手を潜り込ませ、愛液をまぶした手指で花芽をいじってきた。

「っ、あ、いやぁあ、だめぇ、そこも、だめぇぇ……っ」

太い脈動が与える重苦しい快楽に加え、陰核のもたらす鋭い喜悦が追い打ちをかけ、チェチーリアは瞬時に絶頂に飛んでしまう。

クラウディオはさらに鋭敏な秘玉を指ですり潰すように揉み込んだり、指の腹で小刻みに揺さぶるような動きをしたりと、多彩な指使いでチェチーリアを追い詰めていく。

「あっぁぁ、いやぁ、だめぇ、そんなにしちゃ、あ、だめぇ、もう、あ、達ったの、達ったからぁ……っ」

全身の毛穴が開くような絶頂から下りていけない時間が続くと、気持ち悦すぎてどうにかなってしまいそうだ。

だがクラウディオは容赦なく、性感帯を狙いすましてぐいぐいと突き上げてきた。

「いやぁっぁぁあっ」

あまりに強烈な快感に、胎内がびくびくと痙攣する。同時に熱い透明な飛沫をぴゅっぴゅっと噴き上げてしまう。

「あ、あっぁあ、いやっぁああ、あ、出ちゃったぁ……っ」

チェチーリアはいやいやと頭を振り立てながら、しゃくり上げた。

「ひ、ひぅ……う、もう、許して……ひっく……」

「可愛いね、感じすぎて潮を噴いてしまうあなたは、とても可愛い」

クラウディオは満足げに息を吐くと、チェチーリアの両足を肩に担ぐ体位にし、身体を二つ折りにするようにして、がつがつと性急な動きで抽挿を始めた。

あまりにも苛烈な快感に、閉じた瞼の裏に真っ赤な火花が飛び散った。

「きゃぁぁあ、あ、あぁ、すご、い、あ、あぁ、だめぇ、壊れちゃ……おかしく、だめに、なるぅ……っ」

「だめになれ、チェチーリア、だめになってしまえ」

情欲に嗜虐心《しぎゃくしん》を剝き出しにしたクラウディオは、激しく腰を打ちつけてくる。

「あ、あ、ぁ、あぁ、深いぃ、奥、当たって、奥がぁ……っ」

「奥が悦いのだろう？　もっとか？」

「あぁあ、悦いのぉ、奥、もっと突いて、ぁあん、もっと、もっとして……っ」

チェチーリアは絶頂に飛びっぱなしになり、息を荒らがせて喘ぎ乱れる。

愛される幸せ、満たされる喜び、求められる悦び、それらがすべてひとつになり、チェチーリアの全身を歓喜で震わせる。

クラウディオの腰の動きに合わせて感じるままに強くイキんでいると、彼の欲望が最奥でひときわ大きくどくどくんと脈動した。

「ああ──蕩けそうだ、チェチーリア、もう達くぞ、あなたの中に、出すぞ──っ」

クラウディオが切羽詰まった呻き声を上げた。

「ああきて、きて、一緒に……クラウディオ様、いっぱい、出して……っ」

チェチーリアの最奥がきゅうんとうごめき、クラウディオの欲望をさらに奥へと吸い込むように収斂した。四肢がぴーんと硬直する。

「く──っ、チェチーリアっ」

クラウディオはチェチーリアの腰をきつく抱きしめ、荒々しく息を吐いたかと思うと、白濁の欲望を迸らせた。

「あっぁあぁああ、あ、あっぁぁぁぁあ──っ」

チェチーリアは長く尾を引く嬌声を上げて、意識を真っ白に染めた。

「は――あ――っ」

クラウディオはすべてを出し尽くすまでなんども腰を穿ち、灼熱の精を一滴残らず注ぎ込んだ。

「……は、はぁ……ぁ、はぁ……」

チェチーリアは絶頂の余韻に浸りながら、ゆっくりと全身が緩んでいくのを感じていた。

「――チェチーリア、愛している」

ぴったりと繋がったまま、クラウディオが口づけを求めてくる。

「んん、ん、ふ……」

チェチーリアも彼の唇を求め、愛情を確かめるように舌を強く絡ませる。

この瞬間、世界は二人だけのものになる。

クラウディオの溢れる愛情に包まれ、チェチーリアは幸福で目が眩みそうだ。

二人は脱力した身体を重ね合わせ、互いの速い鼓動を感じていた。

チェチーリアはクラウディオの汗ばんだ首筋に顔を埋め、しみじみとつぶやく。

「愛しています、クラウディオ様……」

クラウディオも耳朶に優しく唇を寄せ、答えてくれる。

「私も、愛しているよ。可愛いチェチーリア」

ふと、窓の外にさらさらとなにかが当たるかすかな音がした。

二人はじっと耳を澄ませた。

クラウディオが小声でつぶやく。

「初雪だ」

「ええ」

「また、ルッキーニに長い冬が来る」

「そうですね。でも私、この土地の冬が大好きになりました。深い雪も、厳しい寒さも、なにもかも、好きです」

「そう言ってくれると嬉しいよ」

「だって豪雪に閉じ込められるのも、あなたと過ごす時間が増えると思うと嬉しくて仕方ないわ」

「チェチーリア」

クラウディオが顔を起こし、愛おしそうに見つめてきた。チェチーリアも同じ想いを込めて見つめ返す。

「長い冬の果てに訪れる彩り豊かな春も、緑滴る短い夏も、あっという間に木々が色づく早い秋も、全部全部が、あなたと過ごす季節は輝いていて愛おしいわ」

「これからもずっと一緒に、季節を迎えよう」

「ええ、ずっと——」

二人はどちらからともなく唇を合わせ、繰り返し口づけを交わす。

「愛している」

「愛しています」

そうしているうちに、口づけは深いものになり、互いの情熱に再び火が点る。

夜が更けていく。

二人は強く抱き合い、求め合い、何度も何度も愛し合った。

——しんしんと初雪が積もっていく。


その後、クラウディオの類い稀な優れた統治で、ルッキーニ地方はさらに豊かになった。

ルッキーニはオベルティ王国の重要な一地方都市として、輝かしい発展を遂げるのである。

辺境伯夫妻は常に寄り添い仲睦まじく暮らした。二人は、三男四女の美しく賢い子どもにも恵まれ、カニーニ家は末長く栄え続いたのであった。

終

あとがき

皆さんこんにちは！　すずね凜《りん》です。「黒狼《くろおおかみ》辺境伯と虐げられ姫の蜜月婚～悪名高き夫はまさかの溺甘愛妻家!?～」は、いかがでしたか？

北の辺境で繰り広げられるピュアな愛の物語です。私は北国を舞台にすることが多いのですが、実は東京生まれの東京育ち。雪国に住んだことはありません。でも、私の姪が北海道に広大な土地を購入し、暮らしています。時々、３６０度地平線の遠大な景色を写真で送ってくれます。冬は雪かきが大変そうですが、食べ物は美味しく天然温泉のお風呂、毎日のように野生動物が遊びに来るという、スローライフをエンジョイしているそうです。

さて、今回も編集さんには大変お世話になりました。

さらに炎《ほのお》かりよ先生の美麗なイラストが、お話を何倍も素敵にしてくれました。お二方に、そして読んでいただいた読者様にお礼を申し上げます。

また別の物語世界でお会いしましょう。

黒狼辺境伯と虐げられ姫の蜜月婚

～悪名高き夫はまさかの溺甘愛妻家!?～

Vanilla文庫

2024年12月5日　第1刷発行　定価はカバーに表示してあります

著　者　すずね凜　©RIN SUZUNE 2024

装　画　炎かりよ

発行人　鈴木幸辰

発行所　株式会社ハーパーコリンズ・ジャパン

東京都千代田区大手町1-5-1

電話　04-2951-2000（営業）

0570-008091（読者サービス係）

印刷・製本　中央精版印刷株式会社

Printed in Japan ©K.K. HarperCollins Japan 2024 ISBN978-4-596-72032-0